에너미 마인

Enemy Mine

Enemy Mine

에너미 마인

배리 B. 롱이어 지음 · 박상준 옮김

Barry B.
Longyear

워프

contents

1

드랙의 세 개뿐인 손가락 관절이 구부러졌다. 놈의 노란 눈동자에선 그 손가락으로 무기를 잡거나 내 목을 조르려는 욕망이 읽혔다. 내 손가락이 구부러지는 걸 감지하고 있는 놈도 내 눈에서 마찬가지 심정을 읽겠지.

"이르크마안!"

놈이 내뱉었다.

"메스꺼운 드랙 놈아!"

나는 두 손을 가슴 앞에서 흔들었다.

"덤벼, 이 드랙 자식아! 와서 덤벼봐!"

"이르크마안 바아, 코루움 수!"

"뭐야, 대화를 하자는 거야, 싸우자는 거야? 어서 덤비라구!"

바닷가에서 일어난 물보라가 등으로 흩뿌려졌다. 나는 흰 거품을 일으키며 부서지는 파도의 들끓는 격랑에 쓸려 갈까 봐 무서웠다. 이미 내 전투기를 삼킨 것처럼. 나는 우주 전투기에 타고 있었다. 드랙은 자기 전투기가 한 방 얻어맞자

7

비상 탈출을 했는데, 이미 그 전에 내 전투기의 엔진을 박살 낸 다음이었다. 간신히 회색 바위투성이 해안으로 헤엄쳐 올라온 나는 안전한 장소에 닿자마자 기진맥진해 쓰러지고 말았다. 저 멀리 황량한 언덕 위 바위 사이로 드랙의 탈출 캡슐이 보였다. 아득한 우주 공간에서는 드랙 종족과 나의 종족이 외딴 무인 행성의 소유권을 차지하려고 맹렬히 싸우고 있었다. 드랙은 잔뜩 위협적인 자세를 취하고 있었지만 더 이상 도발하지는 않고 서 있을 뿐이었다. 나는 훈련 때 배운 걸 써먹어 보기로 했다. 교관 말로는 그 어떤 드랙도 격분시킬 수 있다고 했다.

"키즈 다 유오미인, 쉬주마아트!"

이 말은 대강 이런 뜻이었다. '최고로 존경받는 드랙 철학자인 쉬주마아트는 키즈 똥이나 먹는다.' 지구에서라면 '이슬람교도에게 돼지고기를 한 덩이 가득 먹이는' 정도의 심한 욕이다.

드랙은 내 말을 듣더니 공포에 질려 입을 벌렸다가 이윽고 험악한 표정이 되어 다물었다. 노란색 눈동자가 끓어오르는 분노로 적갈색으로 변하고 있었다.

"이르크마안, 미키마우스는 멍청하다!"

나는 많은 것을 위해 싸우다 죽겠다고 맹세했다. 하지만 그 신망 있는 설치류가 그중 하나가 될 수는 없었다. 긴장된 순간임에도 터져 나오는 웃음을 도저히 억누를 수 없었다. 지쳐 죽을 것 같은 심신 상태에 폭소가 결합하면서 나는 결국 무릎을 꿇고야 말았다. 나는 배를 잡고 한참을 낄낄거리며 웃어댔다. 물론 그 와중에서도 간신히 눈을 뜨고 적의 동태를 살피기는 했지만. 그런데 드랙은 몸을 돌려 뒤쪽 언덕 방향으로 필사적으로 뛰어 올라가고 있었다. 나는 순간 웃음을 멈추고 언뜻 뒤를 돌아보았다. 정신을 잃기 전, 눈에 들어온 것은 내게 덮쳐 오는 어마어마한 파도였다.

*

"키즈 다 유오미인, 이르크마안, 니?"

눈에 모래가 들어가 까끌거렸고 소금기로 몹시 따가웠다. 하지만 그 불쾌한 느낌이 한편으론 반가웠다. 어쨌든 살아는 있다고 말하는 듯했다. 눈을 비비려고 손을 들어보려 했지만 양팔이 움직이지 않았다. 금속 막대기가 소매 속을 통과해 걸쳐져 있었고 손목은 양 끄트머리에 단단히 묶여 있었다. 이윽고 눈물이 모래 알갱이를 씻어 내자, 드랙이 매끈한 검은 자갈들 위에 앉아 나를 쳐다보는 모습이 눈에 들어왔다. 놈은 나를 익사의 위기에서 구해낸 듯했다.

"고맙다, 두꺼비 낯짝아. 그런데 왜 날 묶어놓은 거야?"

"에쓰?"

나는 양팔을 흔들어서 마치 대기권 전투기가 한쪽 날개를 기울이는 모양으로 내저었다.

"날 풀어줘, 이 징그러운 드랙아!"

나는 모래 위로 일어나 앉아 바위에 등을 기댔다.

드랙은 아래위 잇몸을 드러내며 미소를 지었다. 이빨이 각기 떨어져 있는 게 아니라 한 덩이로 붙어 있는 점만 제외하면 인간과 꽤나 비슷한 꼴이었다.

"에흐, 니, 이르크마안."

놈은 일어나서 내게 다가오더니 묶여 있는 끈의 상태를 살폈다.

"풀어줘!"

그러자 놈의 얼굴에서 미소가 사라졌다.

"니!"

드랙은 노란 손가락으로 나를 가리켰다.

"코스 손 바?"

"난 드랙 말 몰라, 이 두꺼비 낯짝아. 너 에스페란토어나 영어 할 줄 아냐?"

드랙은 다시 인간과 무척이나 비슷한 몸짓으로 어깨를 으쓱하더니 자기 가슴을 가리켰다.

"코스 바 손 제리바 쉬간."

그러고는 다시 나를 가리켰다.

"코스 손 바?"

"데이비지. 내 이름은 윌리스 데이비지다."

"에쓰?"

나는 낯선 음절을 혀로 굴려보았다.

"코스 바 손 윌리스 데이비지."

"에흐."

제리바 쉬간은 고개를 끄덕였다. 그러고는 다시 손가락을
움직였다.

"다수, 데이비지."

"그래 너도, 제리"

"다수, 다수!"

두꺼비 같은 얼굴이 약간 짜증을 내며 말을 반복했다. 하
지만 이 상황에서 그게 무슨 의미인지 알 게 뭔가. 나는 어색
한 몸짓으로 어깨를 으쓱해 보였다. 드랙은 몸을 구부려 양
손으로 내 비행복의 앞 덜미를 움켜쥐더니 잡아당겨 나를 일
으켜 세웠다.

"다수, 다수, 키즈로데!"

"알았어, 그러니까 다수는 일어나라는 말이군. 그럼 키즈
로데는 뭐지?"

제리는 소리 내어 웃었다.

"가베이 키즈?"

"나는 가베이, 그래 이해한다."

제리는 자신의 머리를 가리켰다.

"로데."

그리고 내 머리를 가리켰다.

"키즈로데, 가베이?"

똥? 머리? …나는 알아들었다. 그 순간 나는 팔을 휘둘러 금속 막대로 제리의 머리를 후려쳤다. 드랙은 휘청하더니 몹시 놀란 표정으로 비틀거리며 바위 뒤로 피신했다. 놈은 한 손을 머리에 대고 살폈다. 하얀 고름 같은 것이 묻어났는데 아마 피인 모양이었다. 드랙은 눈에 살기를 띠고 무섭게 나를 쏘아보았다.

"게뤄! 누 게뤄, 데이비지!"

"덤벼, 제리, 이 키즈로데 개자식아!"

제리는 나에게 달려들었고, 나는 다시 막대로 후려치려 시도했다. 하지만 드랙은 날랜 동작으로 내 오른 손목을 붙잡았다. 내가 멈칫하는 순간 바위로 세차게 밀어붙였다. 등이 바위에 부딪히자 헉 하고 숨이 멎는 듯한 고통이 엄습했다. 제리는 작은 돌 하나를 집어 들고 다가왔다. 내 멜론 모양 머리를 으깰 작정인 듯했다. 나는 바위에 몸을 지탱한 채 한쪽 발로 드랙의 배를 세게 걸어찼다. 놈은 모래 위로 나가떨어졌다. 이번에는 내가 놈의 머리통을 노리고 달려들었으나, 제리는 공포에 질린 표정으로 내 뒤쪽을 가리켰다. 돌아보니 또 거대한 파도가 물거품을 부글부글 날리며 곧장 덮쳐 오는 중이었다.

"키즈!"

우리는 뒤에서 밀려닥치는 성난 파도에 쫓기면서, 미끈거리는 검은 자갈밭을 헤치고 제리의 캡슐로 도망쳤다. 그러자 드랙은 그 달걀 모양의 물체에 어깨를 댄 채 언덕 위로 굴려 가기 시작했다. 뭘 하는 건지 짐작이 갔다. 캡슐 안에는 생존에 필요한 장비와 비상식량이 들어 있을 터였다.

"제리!"

나는 시시각각 다가오는 파도의 굉음에 맞서서 고함을 질렀다.

"이 망할 놈의 막대기 좀 빼줘! 그래야 나도 돕지!"

드랙은 얼굴을 찡그렸다.

"이 막대기 말이야, 키즈로데. 이걸 풀어달라구!"

나는 머리를 마구 흔들며 양쪽으로 벌려진 팔을 가리키려 했다.

제리는 캡슐이 굴러떨어지지 않도록 바위 하나를 그 밑에 괴어놓고는 재빨리 내게로 와서 손목을 풀고 막대기를 빼내 주었다. 우리는 서둘러서 캡슐을 더 높은 지대로 밀고 올라갔다. 파도는 사정없이 밀어닥쳐서 우리 가슴께까지 바닷물이 차오르고 있었다. 캡슐은 코르크 마개처럼 하릴없이 마구 흔들렸다. 우리는 캡슐을 커다란 바위틈에 고정하는 데 간신히 성공했다. 파도는 서서히 잦아드는 중이었다. 나는 숨을 헐떡이면서 망연히 서 있었다.

제리는 모래 위에 털썩 주저앉아 바위에 기댄 채 바닷물이 밀려 나가는 모습을 보고 있었다.

"마가시엔나!"

"그래그래, 네 말이 맞다, 동지."

나는 드랙의 옆에 주저앉았다. 눈빛으로 일시적인 휴전협정을 조인하자마자, 우리는 그 즉시 정신을 잃었다.

2

눈을 뜨자 검은빛과 잿빛으로 휘몰아치는 하늘이 보였다. 나는 내 왼쪽 어깨 위로 머리를 맥없이 기울인 채 드랙을 살펴보았다. 녀석은 아직도 의식을 잃은 상태였다. 지금이야말로 제압할 수 있는 절호의 기회다! 이게 가장 먼저 떠오른 생각이었다. 하지만 다음 순간, 저 미쳐 날뛰는 바다에 둘러싸인 채 우리가 싸운다는 게 얼마나 우스꽝스러운 일인가 하고 생각했다. 왜 구조대가 오지 않았을까? 드랙 함대가 우리 편을 전부 쓸어버린 걸까? 왜 드랙들은 제리를 구하러 오지 않았지? 양쪽 모두 전멸해 버렸나? 나는 지금 이 외딴 행성에서 어디에 있는지조차 알 수 없었다. 섬. 나는 추락하면서 수많은 섬들을 목격했다. 그러면 도대체 어떤 섬이란 말인가. 좌표상 어느 위치인가? 파이린 4호. 제대로 이름도 안 붙여진 행성이었지만, 광물자원 때문에 목숨을 걸고 싸울 만큼 중요했다.

나는 안간힘을 쓴 끝에 간신히 두 다리로 일어설 수 있었다. 그때 제리가 눈을 떴고, 그는 나를 보더니 재빨리 몸을 웅

15

크리며 방어 자세를 취했다. 나는 손을 내저으며 머리를 흔들었다.

"이봐, 안심해. 난 그냥 주위를 둘러보려는 것뿐이야."

나는 드랙한테서 등을 돌리고 자갈밭 사이로 터벅터벅 힘겹게 걸음을 옮겼다. 몇 분 동안 언덕길을 올라가자 평평한 지대가 나왔다.

이곳은 섬이 맞았다. 크지는 않았다. 눈짐작하건대 길이는 2킬로미터, 폭은 그 절반이 채 안 되었다. 해수면으로부터 최고 높이는 고작 80미터 정도였다. 불어오는 바람이 내 비행복을 펄럭이며 습기를 말려주고 있었다. 나는 언덕 꼭대기를 더 살펴보다가 자갈 표면이 다 매끈하다는 걸 깨달았다. 그게 의미하는 바는 뻔했다. 우리가 겪은 파도들보다 훨씬 더 큰 파도가 언제든 밀어닥칠 수 있다는 뜻이었다.

뒤쪽에서 절그럭거리는 소리가 났다. 제리가 언덕으로 올라오고 있었다. 그는 꼭대기에 도착하더니 주위를 둘러보았다. 나는 큰 자갈 하나를 집어 들고 그 매끈한 표면을 가리키며 드랙에게 건네주었다. 그러고는 바다 쪽을 가리켰다. 제리는 고개를 끄덕였다.

"아에, 가베이."

그는 언덕 아래쪽에 있는 캡슐을 가리키더니 다시 우리가 서 있는 곳을 짚었다.

"에체이 마수, 나세사이."

나는 얼굴을 찡그리고는 캡슐을 가리켰다.

"나세사이? 캡슐을 말하는 거냐?"

"아에, 캡슐 나세사이. 에체이 마수."

제리는 자신의 발을 가리켰다.

나는 머리를 흔들었다.

"제리, 네가 이 바위들이 얼마나 매끈한지 가베이한다면
…."

나는 큰 자갈 하나를 가리켰다.

"너는 저 나세사이를 여기로 마수이해서 옮겨 오는 게 그
리 좋은 생각이 아니라는 걸 가베이할 거야."

나는 손을 이용해 위아래로 쓸려 나가는 동작을 해 보였다.

"파도."

나는 다시 아래쪽에 있는 바다를 가리켰다.

"파도, 여기로."

다시 나는 우리가 서 있는 장소를 가리켰다.

"파도, 에체이."

"아에, 가베이."

제리는 언덕의 꼭대기 주변을 둘러보고는 한쪽 볼을 문질
렀다. 그는 작은 암석 몇 개를 모아놓더니 그 위로 계속 쌓아
올리기 시작했다.

"비가, 데이비지."

나는 드럭 옆에 앉은 채 그의 날렵한 손가락이 암석을 쌓아 인형의 집 크기의 원형 경기장을 재빨리 만드는 모습을 지켜보았다. 제리는 손가락 하나를 원 중앙에 꽂았다.

"에체이, 나세사이."

*

파이린 4호 행성의 하루는 내가 알고 있는 그 어떤 거주 가능한 행성에서의 하루보다 세 배 정도는 더 긴 듯했다. 나는 방금 '거주 가능'이라는 표현을 썼지만 그건 어디까지나 조건부일 뿐이다. 우리는 언덕 꼭대기로 제리의 나세사이를 힘겹게 밀어 올리는 데 첫날을 꼬박 소비했다. 밤에는 너무 어두워서 작업을 계속할 수가 없었고, 뼈가 시릴 정도로 추위가 대단했다. 우리는 캡슐에서 긴 의자를 빼내버리고 둘이 들어가 있을 만한 공간을 마련해 놓았다. 그다음부터 우리는 잠을 자거나, 제리의 비상식량을 조금씩 뜯어 먹거나(생선과 치즈를 섞어놓은 듯한 맛이었다), 아니면 서로의 언어를 익히려고 애쓰면서 시간을 보냈다.

"눈."

"투요."

"손가락."

"주라스."

"머리."

드랙은 소리 내어 웃었다.

"로데.※"

"하, 하, 정말 재미있군."

"하, 하."

*

대화를 멈추고 애써 잠을 청한 건 문득 내 처지를 깨달았을 때였다. 난 지금 적진에 있다. 불과 몇 센티미터 앞에 드랙이 있다. 번들번들한 피부에 코도 없는 저 누렇고 역겨운 두꺼비 낯짝.

전함의 조종사 명부에는 빈칸이 많다. 그 수만큼 드랙에게 많이 당했기 때문이다. 나는 그 이름들을 알고 있다. 도쿠다, 챈들러, 스타로프 쌍둥이, 미하일… 그리고 기억나지 않는 이름.

기억나지 않는 이름.

※ lode. 영어로는 광맥이라는 뜻이다.

나는 이름들을 많이 알고 있고, 얼굴들도 기억한다. 그렇지만 아는 사람은 아무도 없었다. 동료 조종사가 격추되면 기분이 나빴지만 이는 단지 우리 편이 타격을 입었다는 의미였기 때문이었다. 내 친구가 죽은 것 같은 느낌은 아니었다.

친구라…. 내 친구들이 누구였지?

산토스 이전에 편대장을 했던 던랩은 종종 이렇게 말하곤 했다.

"'내 친구들이 누구지?' 하고 스스로 물어봐야 할 정도면 문제가 심각하단 얘기야."

던랩은 우리가 함께 어울리도록 했다. 서로 의지하는 하나의 팀으로, 아니 한 가족처럼 움직이도록.

나는 내 친구들이 누구지 하고 자문했었지만 1시간이 지나도록 답할 수 없었다. 던랩이 봤다면 얼마나 심각하다고 했을까?

갈수록 희미해지는 캡슐 배터리의 녹색 표시등 아래서 나는 드랙을 바라보며 문득 깨달았다. 부모님을 제외하면 나는 어떤 지구인들보다도 더 많은 시간을 이 녀석하고 가까이 붙어 지내고 있구나.

문제라…. 던랩은 내 문제가 뭔지 상상도 못 하겠지.

3

둘째 날 새벽에, 우리는 언덕의 중앙으로 캡슐을 굴려 커다란 두 바위 사이에 끼워두었다. 그중 하나는 앞쪽으로 튀어나와 있었기 때문에 만약 큰 파도가 들이닥친다 해도 캡슐이 뜨지 않도록 단단히 지지해 줄 것 같았다. 우리는 바위와 캡슐의 둘레에 커다란 자갈들을 두어 튼튼하게 기초를 다지고 그 틈새에도 작은 돌로 빈틈없이 메웠다. 그러나 담이 무릎 높이로 쌓여 올라갈 때 즈음, 모르타르도 없이 이런 반들반들하고 둥근 돌만으로 단단히 쌓기는 불가능하다고 깨달았다. 그래서 몇 가지 실험을 해본 뒤, 잘 맞물리도록 돌의 표면을 평평하게 만들어 사용하는 법을 고안했다. 돌 하나로 다른 돌을 내려쳐 깎으면 되었다.

우리는 교대로 한 명은 돌을 평평하게 만들고 다른 한 명은 담을 쌓았다. 돌은 현무암과 비슷한 암질이라 파편과 먼지가 많이 묻어 나왔으므로 한 번씩 털어주어야 했다. 담이 완성되기까지 끝도 없을 듯한 아홉 번의 낮과 밤이 소요되었다. 그동안 파도가 바로 앞까지 밀려온 적도 여러 번이었다.

한번은 발목을 적시기까지 했다. 아흐레 중 엿새는 비가 내렸다. 제리의 캡슐에 있던 비상용 비닐 담요가 우리 담의 지붕이 되어주었다. 비닐 한구석에는 배수 구멍을 뚫어놓아 건조한 상태로 유지할 수 있었으며, 빗물을 받아 맑은 물을 모을 수도 있었다. 그러나 만약 더 큰 파도가 몰아닥친다면 이 어설픈 지붕은 순식간에 날아가 버리고 말 것이다. 어쨌거나 우리가 믿는 것은 공들여 쌓은 담이었다. 밑부분 두께가 거의 2미터에 달했고, 꼭대기 부분 두께도 최소한 1미터는 되었으니까.

일을 마친 후 우리는 담벼락 안쪽에 기대앉아 1시간 동안 그 담을 감상하며 자찬했다. 그러고 보니 정말 모든 작업을 끝마친 셈이었다.

"자, 이제 뭘 하지, 제리?"

"에쓰?"

"우리 이제 뭘 하면 좋겠냐구."

드랙은 피난처를 바라보더니 고개를 들어 흐린 하늘로 눈을 돌렸다.

"이제 기다린다, 우리."

드랙이 어깨를 으쓱했다.

"다른 건 안 한다, 니?"

나는 고개를 끄덕였다.

"그래, 가베이."

나는 일어서서 우리가 만들어 놓은 통로로 걸어 나갔다. 나무가 없어 담과 담이 만나는 곳에 문을 만들지는 못했으므로, 우리는 한쪽 담을 밖으로 꺾어 3미터가량 더 길게 쌓았다. 그렇게 하니 극성스러운 바람이 입구 안쪽까지 미치지 않았다.

바람은 여전히 그치지 않고 몰아쳤으나 비는 멈췄다. 우리가 지은 이 오두막은 썩 보기 좋은 모양은 아니었지만 그래도 이 버려진 섬 한가운데 보란 듯이 서 있는 모습을 보니, 비록 구조될 가망은 희박해도 기분은 그런대로 괜찮았다. 일찍이 쉬주마이트가 갈파했듯 우리는 '우주에 저항하는 지적 생명체'인 것이다. 한 가지 더 좋았던 점은, 제리의 뒤죽박죽 햄버거 영어를 그럭저럭 알아들을 수 있게 되었다는 사실이다. 나는 어깨를 한 번 으쓱하고는 날카로운 돌조각을 집어 들고 내가 일기장으로 사용하는 반반한 선돌 위에 표식을 새겼다. 거기엔 이미 금이 열 개 그어져 있었으며, 일곱 번째 금 밑에는 섬 꼭대기를 덮을 정도로 큰 파도가 밀려왔음을 나타낸 'x' 표시가 있었다.

나는 들고 있던 돌조각을 집어 던졌다.

"제기랄, 난 이곳이 지긋지긋해!"

"에쓰?"

제리가 담 입구 가장자리로 머리를 빼꼼 내밀었다.

"누구한테 말하는 거, 데이비지?"

나는 드랙을 노려보다가 손을 내저었다.

"아무한테도."

"에쓰 바, 아무한테도?"

"아무도, 아무것도 아니라구."

"니 가베이, 데이비지."

나는 손가락으로 내 가슴을 찔렀다.

"나! 내가 나한테 혼잣말하는 거야! 너는 그걸 가베이한 다, 이 두꺼비 낯짝아!"

제리는 머리를 저었다.

"데이비지, 나 지금 잔다. 아무도한테 너무 많이 말하지 마라, 니?"

그는 입구 안으로 사라졌다.

"제길, 네 엄마도 그래라."

나는 몸을 돌려 경사지로 내려갔다. 이 두꺼비 낯짝아, 엄 밀히 말하면 넌 엄마도 아빠도 없잖아. 선택할 수 있다면 누 구와 함께 무인도에 갇히는 게 나을까. 이런 축축하고 추운 외딴 지옥 같은 곳에 나 말고 누가 암수한몸인 양성체와 함 께 지내겠느냐 말이야.

나는 경사지를 지나서 전에 표시해 둔 길을 따라 바닷가까지 계속 걸어갔다. 거기엔 내가 '달팽이 목장'이라고 이름 붙인 웅덩이가 하나 있었다. 바닷물에 마모된 바위들에 둘러 싸인 그 웅덩이에는 이제껏 우리가 본 중 가장 살찐 민달팽이들이 살고 있었다. 나는 오두막을 짓다가 쉬는 시간에 이 민달팽이를 발견했었고, 제리에게 보여준 적 있었다.

제리는 어깨를 으쓱했다.

"그래서?"

"뭘 그래서야? 이봐, 제리. 비상식량으로 얼마나 버틸 수 있을 것 같아? 그걸 다 먹어치우고 나면 뭘 먹고 살래?"

"먹는다?"

제리는 웅덩이에서 꿈틀거리는 동물들을 힐끔 내려다보더니 얼굴을 찌푸렸다.

"니, 데이비지. 그 전에 구조 있다. 우리 찾는다. 그러면 구조된다."

"우릴 못 찾으면 어쩔 거야? 그러면 어떻게 하냐구?"

제리는 얼굴을 다시 찡그리고 반쯤 완성된 오두막을 향해 몸을 돌렸다.

"우리 물 마신다, 그럼. 구조될 때까지."

그는 키즈 똥이라는 둥 나의 미각 기관이 어떻다는 둥 구시렁거리며 저 혼자 걸어가 버렸다.

그 후에 나는 웅덩이 주위에 담을 쌓아 올렸다. 험한 환경

25

으로부터 보호할수록 민달팽이가 더 불어나지 않을까 싶어서였다. 주변의 바위들 밑을 조사했지만 다른 곳에서는 민달팽이가 보이지 않았다. 한편 나는 민달팽이 하나를 잡아 시식해 보려 했지만 비위가 상해 도저히 삼킬 수 없었다. 나는 바다를 향해 시선을 돌렸다. 끝도 없는 구름이 파이린 4호 행성을 덮은 채 햇빛을 차단하고 있었다. 더 이상 비는 오지 않았고 엷게 깔린 안개도 다 걷혔다.

내가 전에 헤엄쳐 올라왔던 해안 쪽 바다는 수평선이 길게 이어져 있었다. 흰 거품이 이는 파도들 사이로 보이는 바닷물의 색깔은 전당포 주인의 마음 같은 잿빛이었다. 롤러 같은 파도의 평행선 하나가 5킬로미터 정도 떨어진 곳에서 형성되어 있었다. 저것이 다가오면 가운데 부분은 이 섬을 세차게 휩쓸고 나머지 양끝 부분은 계속해서 앞으로 나아갈 것이었다. 내 오른쪽으로 약 10킬로미터쯤 떨어진 곳에는 부서지는 파도 사이 작은 섬 하나가 가물가물 보였다. 나는 시선을 한층 더 멀리 뻗어보았다. 회백색의 바다와 좀 더 밝은색의 하늘이 만나는 수평선 사이로 검은 선 하나가 있었다.

나는 파이린 4호 행성의 땅에 대한 요약보고표 내용을 기억해 내려 했지만, 그럴수록 더욱 희미했다. 제리 역시 잘 몰랐다. 적어도 내게 말해줄 수 있는 건 전혀 없었다. 왜 우리가 그걸 기억하고 있어야 할까? 전투는 우주 공간에서 벌어졌고, 드랙 측과 인간 측은 파이린 행성계에서 유리한 궤도를 확보하기 위해 총력을 기울이고 있었다. 그 팽팽한 대치 속에서 행성에 접근하는 건 위험천만한 일이었다. 전투가 파이린 4호 행성 지표면에서 벌어질 가능성은 없었던 것이다. 여하튼 저 멀리 육지가 보였다. 우리가 지금 머무르는 모래와 암석 지대보다 훨씬 더 큰 땅이라는 건 분명했다.

어떻게 저곳에 도달하느냐가 문제였다. 나무나 불, 동물 가죽, 하다못해 나뭇잎 한 장도 없었다. 제리와 나는 헐벗고 굶주린 원시인과 비교해도 더 궁핍한 상황이었다. 우리가 가진 물건 중 물에 뜰 수 있는 유일한 것은 나세사이였다. 제리의 캡슐 말이다. 그렇다면 선택의 여지가 없다. 이제 남은 문제라곤 캡슐에 함께 타고 가도록 제리를 어떻게 설득하느냐였다.

*

그날 저녁, 날이 잿빛에서 먹빛으로 서서히 저물어 가는 동안, 제리와 나는 오두막 바깥에 마주 앉아 4등분 해놓은 비상식량을 주섬주섬 뜯어 먹고 있었다. 드랙은 수평선에 있는 어두운 선을 유심히 바라보다가 고개를 저었다.

"니, 데이비지. 위험 있다."

나는 내 몫의 나머지 식량을 재빨리 입속에 털어 넣은 뒤, 우물거리며 입을 열었다.

"여기 남아 있는 것보다 더 위험할까?"

"곧 구조 있다, 니?"

나는 드랙의 노란 눈을 살펴보았다.

"제리, 너도 그걸 믿지는 않잖아."

나는 바위 앞쪽에 몸을 기대고 손을 불쑥 내밀었다.

"이봐, 더 큰 육지에 있으면 살아남을 가능성도 더 커질 거야. 큰 파도도 피할 수 있고, 아마 먹을 것도."

"아마도 아니면, 니?"

제리는 바다를 가리켰다.

"어떻게 나세사이 조종해, 데이비지? 안에서 어떻게 방향? 에쓰 에흐 물 들어온다, 파도, 육지 지나간다, 가베이? 브레샤."

제리는 손바닥을 마주쳤다.

"에쓰 에흐 브레샤 바위에, 니? 그럼 우리 죽는다."

나는 머리를 긁었다.

"파도는 여기서 저 방향으로 나아가고 있어. 바람도 마찬가지야. 육지가 아주 크니까 방향을 조종할 필요는 없다구, 가베이?"

제리는 코웃음을 쳤다.

"니, 육지가 안 크면, 그다음에는?"

"글쎄, 확실하진 않지만 저렇게 커 보이는데."

"에쓰?"

"확실한, 틀림없는, 가베이?"

제리는 고개를 끄덕였다.

"그리고 바위에 충돌하는 문제라면, 아마 그곳도 여기처럼 모래사장일 거야."

"확실한, 니?"

나는 어깨를 으쓱해 보였다.

"아니, 확실하지는 않아. 그렇다고 여기 머무르면? 큰 파도가 밀어닥치면 어쩔 거야? 우리를 섬에서 쓸어 내버리면 어떻게 할 거냐구?"

제리는 나를 쳐다보면서 미간을 좁혔다.

"거기에 무엇 있어, 데이비지? 이르크마안 기지, 니?"

난 웃었다.

"말했잖아, 파이린 4호 행성에 기지는 없어."

"그러면 왜 가?"

"아까 말한 대로야, 제리. 더 좋은 기회가 있을 거라구."

"음."

드랙은 팔짱을 꼈다.

"비가, 데이비지, 나세사이 머문다. 난 안다."

"알아? 뭘?"

제리는 능글맞게 웃으며 일어서더니 오두막을 향해 걸어갔다. 잠시 뒤 다시 돌아와 2미터 정도 되는 금속 막대기를 내 발치에 던졌다. 전에 드랙이 내 팔을 잡아 묶는 데 사용했던 거였다.

"데이비지, 난 안다."

나는 눈썹을 치켜올리고는 어깨를 으쓱했다. "무슨 말을 하는 거야? 저건 네 캡슐에서 가져온 거 아니었어?"

"니, 이르크마안."

나는 막대기를 집어 들어 살펴보았다. 표면은 홈 없이 매끈했고 한쪽 끝에는 아라비아 숫자가 새겨져 있었다. 탐사대 번호였다. 한순간 희망의 물결이 홍수처럼 나를 덮쳤으나, 그게 민간 탐사대 번호라는 걸 깨닫자마자 다시 썰물처럼 빠져나갔다. 나는 막대기를 모래 위에 집어 던졌다.

"이게 얼마나 오래 여기 있었는지 알 게 뭐야, 제리. 이건 민간 탐사대 번호야. 전쟁이 벌어진 뒤로 이 근방 은하 지역에서의 민간 활동은 전부 중단되었다구. 이건 아주 옛날에 탐사대가 왔다가 남겨놓고 간 걸 거야."

드랙은 발끝으로 막대기를 건드렸다.

"새것, 가베이?"

나는 드랙을 올려다보았다.

"넌 스테인리스 스틸이 뭔지 가베이?"

제리는 콧방귀를 뀌고는 오두막으로 걸어가 버렸다.

"나 머문다. 나세사이 머문다. 네가 가고 싶은 곳, 너는 간
다!"

4

긴긴 밤의 검은 어둠이 우리를 단단히 덮친 가운데, 바람이 담의 구멍을 통해 새된 비명과 휘파람 소리를 내며 들락거렸다. 비닐 지붕이 찢어지거나 날아가 버릴 듯이 거칠게 아래위로 들썩거렸다. 제리는 나세사이에 등을 기댄 채 모랫바닥에 앉아 있었다. 그 자세는 흡사 자신과 캡슐 둘 다 이곳에 머무르리라고 강조하려는 듯 보였다. 점점 거칠어지는 바다의 생김새가 제리의 입장을 더욱 불리하게 만들고 있는데도.

"지금 바다 거칠다, 데이비지, 니?"

"글쎄, 너무 어두워서 잘 보이지는 않지만 이 정도 바람이라면…"

오두막 안에서 볼 수 있는 건 지붕으로 들어오는 희미한 빛뿐이었다. 나는 드랙한테 보이기 위해서라기보다는 내 마음을 북돋기 위해 일부러 크게 어깨를 으쓱했다. 우리는 언제 어느 순간에라도 모래섬에서 씻겨 나가버릴 수 있는 가능성에 봉착해 있었다.

"제리, 금속 막대기에 대해서는 잘못 생각한 거야. 알잖아."

"수르다."

드랙의 음성은 참담해 보이지는 않았지만, 다소 회한에 잠긴 듯한 기색이었다.

"에쓰?"

"에쓰 에흐 수르다?"

제리는 잠시 침묵했다.

"데이비지, 확실하지 않은 것 아니다, 가베이?"

나는 그 부정 어구를 해독해 보았다.

"그 말은 '가능한' '아마도' '어쩌면'이라는 뜻이야?"

"아에, 가능한아마도어쩌면. 드랙 함대 이르크마안 우주선 가진다. 전쟁 전 산다. 전쟁 뒤 뺏는다. 막대기 가능한아마도어쩌면 드랙 것이다."

"그러면, 저 큰 육지에 비밀기지가 있다면, 수르다 드랙의 기지란 말이야?"

"가능한아마도어쩌면, 데이비지."

"제리, 그러면 그걸 시험해 보고 싶어졌다는 거야? 나세 사이를?"

"니."

"니? 왜, 제리? 드랙 기지가 있다면….."

"니! 그만 말!"

33

드랙은 그 '니'라는, 즉 '아니'라는 말에 목을 매고 있는 것 같았다.

"제리, 난 계속 말할 거다. 그리고 너는 계속 나하고 말을 하는 편이 좋을 거야. 네 고집대로라면 우린 이 섬에 머물러 있다가 죽어버릴 텐데. 왜 그래야 하냐는 말이다."

드랙은 한동안 말이 없었다.

"데이비지."

"에쓰?"

"나세사이, 너 가진다. 비상식량 반, 너 가진다. 나 여기 있는다."

나는 그 말을 이해하려고 머리를 흔들었다.

"나 혼자서 캡슐을 가져가라구?"

"그게 네가 원하는 거다, 니?"

"아에, 그렇지만 왜지? 구조대는 오지 않을 거란 말이야. 아직도 모르겠어?"

"가능한아마도어쩌면."

"수르다, 아무것도 안 와. 구조대는 안 올 거라는 걸 너도 알잖아. 뭐가 문제지? 바다를 두려워하는 거야? 그거라면 …."

"데이비지, 닥쳐 입! 나세사이 너 가진다. 너 나 필요 없다, 가베이?"

나는 어둠 속에서 고개를 끄덕였다. 캡슐은 손만 뻗치면 내 것이다. 내가 뭐가 좋아서 이 기분 나쁜 드랙 놈이 같이 가주기를 바라겠는가? 더구나 이 일시적인 휴전이 언제 끝장날지 모르는 마당에. 그러나 나는 곧 이런 생각이 바보 같다는 걸 깨달았다. 동료. 우리는 같은 처지인 것이다. 드랙 역시 철저한 고독과 나 사이에 서 있는 것이다. 하지만 생존이라는 문제가 여전히 걸려 있었다.

"우린 함께 가야 해, 제리."

"왜?"

나는 얼굴이 뜨거워지는 걸 느꼈다. 인간이 친구를 필요로 한다면, 왜 우리는 그 사실을 인정하는 일에 부끄러워하는 걸까?

"그냥 그렇게 해야 해. 살아남을 가능성을 높이기 위해서."

"너 혼자 간다. 가능성 더 많다, 데이비지. 나는 네 적이다."

나는 어둠 속에서 다시 고개를 끄덕이며 얼굴을 찡그렸다.

"제리 너, 고독, 가베이?"

"니 가베이."

"외로운. 혼자 있는 것, 나만 혼자서."

"네가 혼자라는 것 가베이한다. 나세사이 가져라. 나는 머문다."

"바로 그거야, 이봐, 난 그렇게 하고 싶지 않아. 난…."

"함께 가고 싶다?"

드랙이 말을 끊고 들어왔다. 낄낄거리는 낮은 웃음소리가 어둠 저편에서 울려 퍼졌다.

"너 좋아해 드랙? 너 나 죽인다, 이르크마안."

제리는 계속 빙그르르 웃었다.

"이르크마안 머릿속 푸우르잡 있다. 푸우르잡."

"그만두자!"

나는 담벼락에서 떨어져 앉은 채 모랫바닥을 편평하게 고르고 나서 드랙 쪽으로 등을 돌리고 누웠다. 바람이 약간 잠잠해진 것 같았다. 나는 눈을 감고 잠을 청해보려 했다. 잠시뒤, 비닐 지붕이 탁 하고 찢어지는 듯한 소리가 휘파람 소리와 섞여 울려 퍼졌고, 곧이어 내 몸통이 붕 뜨는 듯했다. 그때 모래 위로 발자국 소리가 났다. 나는 눈을 크게 뜨고 긴장한채 튀어 나갈 자세를 취했다.

"데이비지?"

제리의 목소리는 아주 조용했다.

"뭐야?"

나는 드랙이 내 옆으로 와서 모랫바닥에 앉는 기척을 느꼈다.

"너 외롭다, 데이비지. 그걸 말하는 거 힘들다, 니?"

"그래서?"

드랙이 무어라고 중얼거렸으나 바람 소리에 씻겨 날아가 버렸다.

"뭐라구?"

나는 몸을 돌려 제리가 담에 난 구멍을 통해 바깥을 내다보는 모습을 바라보았다.

"내가 머무르는 이유, 너에게 이제 나 말한다, 니?"

나는 어깨를 으쓱했다.

"좋을 대로."

제리는 말을 꺼내려고 무척이나 주저하다가 겨우 입을 열었다. 하지만 이윽고 그의 눈이 크게 뜨여 있었다.

"마가시엔나!"

"에쓰?"

제리는 구멍을 가리켰다.

"큰 파도!"

나는 제리를 밀치고 구멍을 통해 내다보았다. 산 같은 파도가 미친 듯이 부글부글 흰 거품을 끓으며 밀려오고 있었다. 어두워서 잘 보이지는 않았지만, 다가오는 저 파도는 며칠 전 우리의 발을 적셨던 것보다 훨씬 더 큰 놈 같았다. 제리가 내 어깨 위에 손을 올려놓았고, 나는 그 드랙의 눈을 쳐다보았다. 그리고 우리는 캡슐을 향해 냅다 뛰어 나가려 했다. 어둠 속에서 언덕을 따라 올라오는 첫 파도의 굉음이 들렸다. 파도가 지붕을 부수면서 오두막을 내리쳤다. 1초도 안 되어 우리는 물속에 잠겼고, 오두막 안으로 몰아친 물살은 우리를 세탁기 속 양말처럼 빙빙 돌렸다.

이윽고 바닷물이 밀려 나간 뒤, 눈을 비비고 보니 파도가 부딪쳤던 오두막 담이 무너졌다.

"제리!"

나는 무너진 담 주위에서 드랙이 비틀거리고 있는 모습을 보았다.

"이르크마안?"

제리의 뒤쪽에서는 다음 파도가 속도를 높이며 달려오고 있었다.

"키즈로데, 도대체 거기서 뭐 하고 있는 거야? 이리 와!"

나는 두 바위 사이에 단단히 고정되어 있는 캡슐에 도착했다. 내가 문을 열자 제리가 비틀거리며 내 쪽으로 넘어져 덮쳤다.

"데이비지, 영원히 파도 온다. 계속! 영원히!"

"들어가!"

나는 드랙을 캡슐 안으로 밀어 넣어 머뭇거릴 여유를 주지 않으려 했다. 제리의 몸 위에 내 몸을 얹다시피 한 후 문을 닫자 바로 또 다음 파도가 밀어닥쳤다. 캡슐이 뜬 채로 덜거덕거리며 바위에 부딪혔다.

"데이비지, 우리 떠 있다?"

"아니야, 바위가 우리를 잡아주고 있어. 파도가 멈추면 우리는 괜찮을 거야."

"너, 위쪽으로 움직여라."

"오, 그래."

나는 제리에게서 떨어져 캡슐의 한쪽 구석에 내 몸을 딱 붙였다. 잠시 뒤, 캡슐은 다시 가라앉았고 우리는 다음 파도에 대비했다.

"제리?"

"아에?"

"네가 하려던 말이 뭐였어?"

"나 머무르는 이유?"

"그래."

"그것 나 말하기 어렵다, 가베이?"

"알아, 안다구."

다음 파도가 밀어닥쳤고 다시 캡슐이 떠올라 바위에 부딪히는 게 느껴졌다.

"데이비지, 가베이 비 네싸?"

"아니."

"비 네싸, 작은 나. 가베이?"

"그게… 너 임신했다고 말하는 거야?"

"가능한아마도어쩌면."

나는 머리를 흔들었다.

"잠깐만, 제리. 난 지금 이 얘기를 오해하고 싶지 않은데. 임신… 네가 부모가 된다는 말이야?"

"아에, 부모, 200대 가계. 매우 중요하다, 니?"

"맙소사. 그런데 그거하고 이 섬을 안 떠나겠다는 거하고 무슨 관계가 있지?"

"전에, 비 네싸 가베이? 테안 죽어."

"네 아이가, 전에 죽었어?"

"아에!"

드랙의 입에서 우주 어디서나 똑같을 엄마의 흐느낌이 터져 나왔다.

"나 떨어지며 다쳤다. 테안 죽어. 바다에서 우리 쾅 친다. 테안 다친다, 니?"

"아에, 가베이한다."

그러니까 제리는 또다시 아이를 잃을까 봐 두려워하고 있었던 것이다. 캡슐을 타고 가는 동안 충격이 심해질 것은 확실했다. 그러나 이 작은 모래섬에 계속 남아 있어봤자 상황이 더 나아질 리도 없었다. 이제 캡슐은 꽤 오랫동안 움직이지 않고 있었다. 나는 그래서 위험을 무릅쓰고 바깥을 내다보기로 결심했다. 캡슐의 작은 현창은 온통 모래로 뒤덮여 있었으므로 나는 문을 열었다. 주위를 둘러보자 오두막 담은 대부분 완전히 무너져 있었다. 바다를 향해 눈을 돌렸으나 아무것도 보이지 않았다.

"이제 좀 안전한 거 같다, 제리…."

고개를 치들자 검은 하늘에서 흰 깃털 같은 게 내려오고 있었다.

"젠장, 마가시엔나!"

나는 난폭하게 문을 닫았다.

"에쓰, 데이비지?"

"꽉 잡아, 제리!"

캡슐로 내리치는 파도는 엄청난 굉음을 내뿜었다. 우리는 부딪히고 위로 솟아오르며 빙글빙글 돌았다. 손잡이를 꽉 붙들고 있던 나는 캡슐이 아래위로 계속해서 요란하게 요동 치는 바람에 속이 메슥거려서 손을 놓쳤던 것이다. 나는 제리의 몸 위로 떨어졌다가 다시 반대쪽으로 내동댕이쳐져 머리를 부딪혔다. 내가 의식을 잃었을 때 캡슐 안에서 제리는 울부짖고 있었다.

"테안! 비 테안!"

5

대위가 버튼을 누르자. 노랗고 키가 큰 휴머노이드 형체 하나가 화면에 나타났다.

"드랙 놈이다!"

강당에 앉아 있던 신병들이 합창했다.

대위는 신병들 쪽으로 돌아섰다.

"맞다. 이것은 드랙이다. 드랙 종족은 피부색이 다 같다는 것을 알아두도록. 알겠나? 그들은 모두 노랗다.※"

신병들은 어설프게 낄낄 웃었다. 장교는 약간 우쭐한 몸짓을 하더니 지휘봉으로 날렵하게 화면을 가리켰다.

"보다시피 드랙은 두꺼비 얼굴을 하고 있다. 코가 거의 없다시피 하니까. 또 이놈들은 이처럼 손가락이 세 개밖에 없다는 특징이 있다. 시력은 대체로 우리 인간들보다 약간 더 좋다. 청력은 거의 비슷하고, 냄새는….."

대위는 말을 멈추었다.

※ yellow, 겁이 많다는 뜻도 있다.

"냄새는 정말 끔찍하다!"

신병들이 와락 웃음을 터뜨리자, 장교는 빙긋 웃었다. 잠시 뒤 강당이 조용해질 때쯤 그는 지휘봉을 드랙의 복부 부분에 갖다 대었다.

"이곳은 드랙이 가족의 보물을 보관하는 곳이다. 보물 전부를 말이다."

또 한 번의 폭소.

"그렇다. 드랙은 한 몸에 남성과 여성 생식기관이 함께 들어 있는 양성체다."

대위는 다시 신병들 쪽으로 몸을 돌렸다.

"제군들이 드랙을 만나거든 자기 자신하고 그 짓을 해보라고 한 후 한번 지켜봐라. 그러면 이놈들은 실제로 할 것이다!"

웃음이 다시 가라앉자 대위는 화면을 향해 손을 똑바로 쳐들었다.

"이런 놈들을 보면 제군들은 어떻게 하겠는가?"

"즉시 죽입니다!"

*

화면에 뜬 드랙의 모습에 겁먹었던 나는 그놈들을 정말 증오했다. 끔찍했기 때문에 증오했는데, 더욱 끔찍한 것은 내가 진심으로 증오했다는 사실이다. 전에 나는 외계인 사진을 본 적 있었다. 학교에서도 그리고 동영상으로도. 비행 훈련을 받으러 가는 도중엔 덴버에서 비카안들 한 무리를 직접 본 적도 있다. 그들은 도시 외곽에 있는 USE 전투학교에서 오는 길이었다. 큰 키에 마르고 창백한 외계인. 그들은 비행 가방을 매달고도 거뜬히 날 수 있는 새로운 날개를 단 채 전투함으로 향하고 있었다. 이미 수십억 명의 생명을 앗아 간 궤멸 작전에 투입되었으리라.

비카안들은 지구인의 편에 서서 드랙과 싸우는 지원군들이었다. 나는 그들 역시 꼴 보기 싫었다.

*

컴퓨터를 조정하여 화면에 'x'가 두 개 겹쳐져 표시된 드랙 전투기를 정조준했다. 그것은 좌우로 마구 움직이며 날아가고 있었다. 자동조종 장치가 가짜 이미지들 중 진짜 드랙 우주선을 가려내어 전자 십자선을 맞추느라, 우주선이 이리저리 움직이는 게 느껴졌다.

"덤벼라, 두꺼비 낯짝아… 조금만 왼쪽으로….."

이중 십자 이미지가 화면상의 조준 범위 안으로 들어오자 우주선 밑부분에서 자동으로 미사일이 장착되었다.

"간다!"

나는 미사일로 폭발하는 불꽃을 눈으로 직접 보았다. 화면에서는 드랙 전투기가 조종력을 잃고 파이린 4호 행성의 구름 덮인 표층으로 빙글빙글 돌며 추락하고 있었다. 나는 그놈의 최후를 확실히 하기 위해 뒤쫓아 내려갔다. 우주선이 파이린 4호 행성의 대기권을 통과하여 계속 맹렬히 내려가자 선체 표면 온도도 따라서 급격히 상승했다.

"제기랄 것, 터져라!"

지표면 가까이까지 가야 드랙을 잡을 수 있다는 게 분명해지자, 나는 우주선의 조종 시스템을 대기권용으로 전환시켰다. 그러나 드랙 우주선은 구름 위에서 회전을 멈추더니 자세를 다잡고 방향을 바꾸었다. 나는 자동조종 보조장치를 누른 뒤 조종간을 무릎 안쪽으로 잡아당겼다. 우주선은 마구 흔들거리며 속도를 늦추었다. 대기권 안에서는 드랙 우주선의 성능이 훨씬 더 좋다는 것은 잘 알려진 사실이었다. 그것이 앞길을 가로막으며 내 쪽으로 점점 다가오고 있었다. 왜 저놈은 폭발해 버리지 않는 거야? 충돌 직전에 드랙은 탈출했다.

우주선의 엔진이 꺼져버렸다. 이제 나는 동력 없이 활공비행을 해야 한다. 흩뿌려진 파편들 사이로 떨어지고 있는 캡슐을 추적했다. 드랙 놈을 끝까지 찾아내어 임무를 종결지을 작정으로….

*

　사위의 어둠 속으로 손을 더듬은 건 몇 초가량이었겠지만
흡사 몇 년 동안처럼 느껴졌다. 누군가의 손길이 와닿았으나,
내 몸의 일부는 먼 곳에 있는 것 같았다. 차가움 그리고 열기,
다시 차가움. 부드러운 손길이 내 이마를 식혀주고 있었다.
힘겹게 눈을 뜨자 제리가 내 위로 몸을 기울여 무언가 차가
운 것으로 내 이마를 꾹꾹 누르는 모습이 보였다. 나는 겨우
겨우 속삭이는 소리를 짜내었다.

　"제리."

　드랙은 내 눈을 들여다보더니 웃었다.

　"좋아, 데이비지. 좋아."

　제리의 얼굴 위에서 불빛이 명멸했다. 연기 냄새가 났다.

　"불."

　제리는 물러서서 모랫바닥의 공간 한가운데를 가리켰다.
고개를 돌려보니 나는 나뭇가지로 만든 침대 위에 누워 있었
다. 부드럽고 탄력이 좋은 침대였다. 맞은편에는 또 하나의
침대가 있었다. 그 사이에서 모닥불이 탁탁 기분 좋은 소리
를 내며 타오르고 있었다.

"이제 우리 불 가진다, 데이비지. 그리고 나무도."

제리는 넓은 잎사귀와 나뭇가지로 엮어 만든 지붕을 가리켰다.

나는 고개를 돌려 주위를 둘러보았다. 그러다가 머리가 욱신거려 다시 눈을 감았다.

"여기는 어디지?"

"큰 섬, 데이비지. 큰 파도 우리 모래섬 쓸어 냈다. 바람 파도 여기 우리 보냈다. 네가 맞았다."

"난… 이해가 안 돼, 니 가베이. 모래섬에서 여기까지는 여러 날이 걸렸을 텐데."

제리는 고개를 끄덕이면서 해파리처럼 생긴 것을 물이 담긴 조개껍데기에 떨어뜨렸다.

"9일. 너 나 나세사이에 갇혔다. 그다음 여기 해변에 우리 왔다."

"9일? 내가 9일 동안이나 의식을 잃었다구?"

제리는 고개를 저었다.

"17일. 여기 우리 8일 동안 와 있다."

드랙은 뒤쪽으로 손을 흔들었다.

"이전… 8일 전."

"아에. 8일 전."

파이린 4호 행성에서 17일이면 지구에서는 한 달보다 더

긴 시간이다. 나는 다시 눈을 뜨고 제리를 바라보았다. 그의 얼굴은 상기된 표정이었다.

"네 아이, 테안은 어떻게 됐어?"

제리는 부풀어 오른 배를 가볍게 두드렸다.

"좋아, 데이비지, 너 더 많이 나세사이 다쳤다."

나는 고개를 끄덕이고 싶었지만 참았다.

"네가 잘돼서 기쁘다."

나는 눈을 감고 얼굴을 돌렸다. 벽 역시 잎사귀와 나뭇가지의 조합이었다.

"제리?"

"에쓰?"

"네가 내 생명을 구했어."

"아에."

"왜지?"

제리는 한동안 말없이 앉아 있었다.

"데이비지, 모래섬에서 너 말했다. 고독, 지금 가베이한다."

드랙은 내 팔을 잡아당겼다.

"이거, 너 이제 먹는다."

나는 고개를 돌려 조개껍데기를 쳐다보았다. 모락모락 김이 나는 액체가 가득 들어 있었다. 노란색 기름 덩이들이 둥

둥 뜬 채로.

"이게 뭐냐, 닭고기 수프냐?"

"에쓰?"

"에쓰 바?"

나는 손으로 힘겹게 그걸 가리켰다. 몸이 얼마나 약해졌
는지 비로소 깨달을 수 있었다.

제리는 얼굴을 찡그렸다.

"달팽이 같은 거, 그런데 길다."

"뱀장어?"

"아에, 하지만 땅 위의 뱀장어, 가베이?"

"그럼 뱀이란 말이야?"

"가능한아마도어쩌면."

나는 고개를 끄덕이며 조개껍데기 가장자리에 입을 갖다
대었다. 입안에 수프를 약간 머금어 꿀꺽 삼킨 뒤, 그 치유하
는 온기가 몸속에 스며 퍼지는 걸 음미했다.

"좋아."

"쿠스타 원해?"

"에쓰?"

"쿠스타."

제리는 불 옆으로 손을 뻗어서 사각형 돌덩어리 하나를
집었다. 나는 그것을 받아서 살펴보다가 엄지손톱으로 긁은

다음 입에 갖다 대었다.

"암염! 소금이야!"

제리는 미소를 지었다.

"쿠스타 너 원해?"

나는 소리 내어 웃었다.

"아무렴, 먹어야지."

제리는 돌멩이로 소금 덩이 모서리를 톡톡 쳤다. 그러고는 떨어진 조각들을 돌멩이로 문질러 가루로 만들었다. 그가 내민 손가락엔 하얗고 작은 가루 산이 귀엽게 솟아 있었다. 나는 두 꼬집 집어서 뱀 수프에 넣고 손가락으로 휘휘 저었다. 그다음에 그 맛 좋은 수프를 꿀꺽 들이켰다. 절로 입맛이 다셔졌다.

"환상적이야."

"좋다, 니?"

"좋은 정도가 아냐. 환상적이다."

나는 다시 한번 수프를 들이마시고 자랑하듯 입맛을 쩝쩝 다시며 눈알을 굴려 보였다. 풍부한 지방질의 뱀 수프에다 소금이라. 나는 전투함의 취사 장교가 기가 막혀 하는 장면을 상상했다.

"환상적이다, 데이비지, 니?"

"아에."

나는 고개를 끄덕였다.

"이제 배불러. 자고 싶다."

"아에, 데이비지, 가베이."

제리는 조개껍데기를 불 가장자리에 놓았다. 그리고는 일
어서서 문 쪽으로 걸어가다가 뒤를 돌아봤다. 그의 노란 눈
이 잠시 나를 살피더니 고개를 끄덕이고는 다시 몸을 돌려 밖
으로 나갔다. 뭔가 이해할 수 없는 기묘한 감정이 일었다. 어
쩐지 울고 싶어지는 기분이었다. 나는 눈을 감은 채 모닥불의
따뜻함에 몸을 맡기고 잠을 청했다.

6

정신이 오락가락하는 와중에 오두막의 따스함은 뼛속까지 파고든 추위의 기억을 마침내 몰아냈다. 계피 향이 나는 따뜻한 담요가 나를 감싸고 있었다. 제리는 바위에서 자란 이끼류를 발견하고는 그것을 말려 멋진 담요로 만들었다. 약간 까끌거리긴 했지만 말이다. 이윽고 내가 벌거벗고 있다는 것을 깨달았다. 게다가 내 침대는 깨끗했다. 근 한 달 동안 드랙이 나와 내 주위를 정돈해 주었다는 얘기다. 제리가 지저분한 내 몸을 청결하게 닦아줌으로써 뒤엉킨 감정들까지도 깨끗이 씻어준 듯했다. 부끄러움, 고마움, 눈물 짓게 하는 알 수 없는 슬픔.

*

고독.

비행 중대에 떠도는 농담이 하나 있었다. 윌리스 데이비지, 고독한 독수리. 분위기가 들뜨거나 카드를 칠 때나 사랑과 전쟁과 비행대에 대한 잡담이 한창일 때 우리의 고독한 독수리께서는 어디선가 홀로 책을 읽거나 음악을 듣거나 몽상에 빠져 계시지.

내가 원한 건 아니었다. 다른 방법을 몰랐을 뿐이다. 그런데 여기 두꺼비 얼굴의 자웅동체 외계인이 내가 해본 적 없는 일을 하고 있다. 타인의 곁을 지키고 있는 것.

*

나는 언제나 무뚝뚝해서 멀게 느껴지던, 한 번도 강하지 못했던 내 아버지를 생각했다. 그리고 태어난 곳인 캔자스 평원처럼 칙칙하고 재미없는 감성을 지니셨던 내 어머니도. 두 분은 내게 도움을 청한 적이 없었다. 자존심의 문제라고 여기셨던 것 같지만 어렸을 때부터 나는 알 수 있었다. 두려움 때문이라는 것을. 도움이 필요하다는 두려움, 도움 구하는 처지가 되는 두려움, 거절당할까 봐 느끼는 두려움, 그것을 받아들이는 두려움.

그리고 그게 나를 울리는 슬픔이 되었다. 나 역시 두려움을 갖게 되었다.

*

이틀 뒤 나는 침대에서 나와 두 발로 서보았다. 다시 이틀
이 더 지나자 제리의 도움을 받아 집 밖으로 나갈 수 있었다.
잿빛 하늘, 잿빛 바다, 끝없는 바람. 오두막은 우거진 관목 숲
이 멀리까지 뻗어 있는 완만한 언덕의 꼭대기에 위치하고 있
었다. 나무의 키는 5~6미터가 넘지는 않았다. 빽빽한 숲은
오두막으로 불어오는 바람을 막아주었다. 언덕 아래 8킬로
미터 떨어진 언덕 아래에는 바닷가가 있었다. 드랙은 그 먼
길을 지나 나를 여기까지 옮겨 온 것이다.

믿음직스러웠던 나세사이는 내부가 물로 가득 차 제리가
나를 육지로 끌어 올린 직후에 바다로 가라앉아 버렸다. 물
론 나머지 비상식량도 함께 사라져 버렸다. 드랙은 먹는 것에
대해 매우 까다롭게 굴었지만, 허기는 참을 수 없는 법이다.
게다가 혹 덩어리처럼 데리고 있는 지구인이 눈에 띄게 쇠약
해져 가는 모습을 보다 못해 결국 주변의 몇몇 동식물들이 식
용 가능한지 시험해 보기에 이른 것이다. 제리는 녹말을 함유
한 부드러운 나무뿌리와, 말리면 그럭저럭 마실 만한 차로 끓
일 수 있는 녹색 관목 딸기 그리고 뱀 고기로 낙착을 보았다.
내가 회복되자 제리는 뱀을 찾을 수 있는 장소와 잡는 법을
가르쳐 주었다.

뱀들은 진흙 웅덩이 근처 구멍 밖으로 머리를 불쑥 내밀 곤 해서 쏙 들어가기 전에 꽉 잡아야 했는데, 한 마리라도 밖으로 잡아 꺼내려면 사생결단의 줄다리기를 벌여야 했다. 이후에는 그 동물의 영혼을 쫓아내는 다소 꺼림칙한 작업도 기다리고 있었다. 터득한 요령으로, 큰 돌을 사용해 뱀 머리를 내려치는 것. 또한 가죽을 벗겨 낼 때까지 오랫동안 뱀과 씨름하는 일도 힘든 부분이었다. 마치 근육 증강제를 섭취한 미끈미끈한 소방 호스를 다루는 느낌이랄까.

탐험 도중에 제리는 조금 침식된 암염 기둥들도 발견했다. 그 뒤로 나는 날이 갈수록 튼튼해졌고, 우리의 밥상에도 바닷고기들과 더불어 배와 자두가 혼합된 맛의 과일 하나가 더 보태어졌다. 내가 바다에서 잡은 물고기 한 마리는 너무 무섭게 생겨서 우리는 굳이 그걸 먹는 위험을 감수하지 않기로 했다. 그것은 이빨과 집게발과 등뼈 가시가 으스스할 뿐 아니라 초록색 고름 분비물이 흐르는 보라색 장기 같은 걸 달고 한참을 기어가고 있었다. 시궁창 쥐는 저리 가라 할 정도로 냄새가 났다. 다음 날 아침에 보니 그 끔찍한 물고기를 버렸던 곳 모래 위에는 바다에서 올라온 무언가의 기다란 자국이 남아 있었다. 물고기 사체를 바다로 끌고 들어간 흔적이었다. 드랙과 나는 적어도 해산물만큼은 이 행성의 수출품이 되지 않을 거라는 데 의견을 일치했다.

어느 밤, 흐물거리는 연체동물을 씹으면서 내가 말했다.

"점점 더 추워지네, 제리."

"내일 아침은 따뜻할 거다."

나는 고개를 저었다.

"내 말은 하루하루 더 추워질 거라구. 이제 매일 밤 얼음이 언 후 아침에 녹기까지 시간이 더 오래 걸릴 거야."

노란 눈이 나를 한참 응시하더니 말했다.

"얼음의 계절?"

"그거지. 이 행성은 겨울이야."

"얼마나 오랫동안? 얼마나 추운데?"

나는 빈 손바닥을 내밀었다.

"나도 모르지."

그리고 엄지로 문을 가리켰다.

"저기 밖에 있는 잎사귀들이 떨어지고 있어. 바람을 막아주던 보호막이 없어지는 거야. 눈이 올 테니 먹을거리와 불 피울 장작을 확보해야 해."

드랙은 자기가 지은 오두막 내부를 둘러보았다.

"다른 곳을 찾아야 한다. 쿠달 필요하다."

드랙은 허리를 굽혀 땅에서 흙을 한 줌 파내고는 움푹해진 구멍을 가리켰다.

"쿠달, 니?"

내가 대답했다.

"동굴, 그래 맞아. 우린 동굴이 필요해."

7

먹을거리가 먼저였다. 모닥불 옆에서 말린 딸기 관목과 뿌리는 저장이 가능했다. 우리는 시험 삼아 뱀 고기를 염장하거나 훈제해 보기도 했다. 딸기 관목의 섬유에서 뽑아낸 실로 뱀 껍질을 엮어 겨울옷도 만들었다. 우리가 선택한 디자인은 딸기 관목의 씨앗 꼬투리로부터 얻은 관모 털을 두 겹의 뱀 껍질 사이에 채워 넣고 누비는 것이었다.

첫 동굴을 찾아내는 데 사흘이 걸렸다. 다시 사흘 뒤에야 우리가 살기에 알맞은 동굴 하나를 발견해 냈다. 해수면 위로 솟은 야트막한 절벽 앞쪽에 자리 잡은, 입구가 바다 쪽을 바라보는 동굴이었다. 입구 근처에는 죽은 나무와 돌들이 널려 있었다. 우리는 담을 쌓기 위해 필요한 돌과 땔감을 모았다. 경첩 달린 문을 만드는 데 필요한 공간만 남기고는 돌담으로 입구를 막을 작정이었다. 뱀 껍질 경첩과 나무 기둥 문은 딸기 관목 섬유로 이었다. 문을 완성하여 단 바로 그날 밤, 바닷바람이 불어와서는 문을 갈기갈기 조각내어 날려버렸다. 결국 우리는 이전에 모래섬에서 채택했던 문 디자인으로 돌아가기로 결정했다.

동굴 안쪽 깊숙이, 넓고 평평한 모랫바닥이 있는 공간에 숙소를 만들었다. 더 깊숙한 곳에는 물웅덩이가 하나 있었는데, 마시기에는 적당했지만 목욕하기에는 너무 차가웠다. 우리는 웅덩이가 있는 공간을 저장실로 사용하기로 했다. 나무로 벽을 쌓아서 숙소와 경계를 지어놓았고, 뱀 껍질과 씨앗 꼬투리의 관모 털로 새 침대도 만들었다. 공간 중앙에는 석쇠용 숯 위에 커다랗고 평평한 돌을 얹은 멋진 화덕도 만들어놓았다. 새집에서 보낸 첫날 밤, 나는 이 망할 행성에 불시착한 뒤 처음으로 바람 소리에 시달리지 않은 채 편히 잠들 수 있었다.

*

긴 밤 동안 우리는 화덕 옆에 앉아 뱀 껍질로 장갑이며 모자며 가방 등 여러 가지 물건을 만들거나 혹은 이야기를 나누면서 시간을 보냈다. 단조로움을 깨기 위해 드랙어와 영어를 매일 번갈아 가며 사용했다. 얼음 폭풍을 동반한 겨울이 덮칠 즈음에는 서로의 언어에 익숙해졌다.

우리는 태어날 제리의 아기에 대해서 이야기했다.

"이름을 뭐라고 지을 거야, 제리?"

"아기는 이미 이름을 가지고 있어, 데이비지. 제리바 가계는 다섯 개의 이름을 가지고 있지. 내 이름은 쉬간이고 그 전엔 내 부모 고티그가 있고 고티그 전엔 하에스니, 하에스니 전엔 타이 그리고 타이 전엔 자미스지. 이 아이 이름은 제리바 자미스야."

"왜 이름이 다섯 개뿐이지? 우리 인간의 부모는 아이에게 어떤 이름이든 지어줄 수 있어."

드랙은 연민 어린 시선으로 나를 쳐다보았다.

"데이비지, 너는 얼마나 허전할까. 너희 인간들은 얼마나 허전할까."

"허전하다구?"

제리는 고개를 끄덕였다.

"너는 어디에서 왔지, 데이비지?"

"그 말은… 내 부모님 말이야?"

"그래."

나는 어깨를 으쓱했다.

"난 내 부모님을 기억하고 있어."

"그러면 그들의 부모는?"

"외할아버지도 기억해. 내가 어렸을 때 자주 찾아가곤 했지."

"데이비지, 너의 할아버지에 대해서는 무엇을 알고 있

지?"

나는 턱을 문질렀다.

"그건 좀 애매한데… 내가 알기론 농부였던 것 같아. 잘은 모르겠어."

"그럼 그들의 부모에 대해서는?"

나는 머리를 흔들었다.

"내가 기억하는 거라곤 가계를 거슬러 올라가면 어딘가에는 독일인이나 영국인이 있다는 것뿐이야, 독일인과 영국인, 가베이?"

제리는 고개를 끄덕였다.

"데이비지, 나는 먼 옛날 우리 행성이 개척되던 초기의 정착민들 중 하나였던 제리바 타이까지 199세대를 거슬러 올라가면서 내 가계의 역사를 암송할 수 있어. 드래코에 있는 가계 기록 보관소에 가면, 우주를 가로질러서 우리 종족의 고향 행성인 신디까지 가계를 추적한 기록이 있어. 그러면 제리바 가계의 시조인 제리바 타이까지 70세대를 더 거슬러 올라가지."

"한 사람은 어떻게 시조가 되지?"

"맏이가 항상 가계를 이어가지. 둘째부터는 자기 자신의 가계를 새로 만들어 나가야만 해."

나는 고개를 끄덕였다.

"이름은 왜 다섯 개뿐이야? 조상들을 기억하기 쉽게 하려구?"

제리는 머리를 저었다.

"아니, 그 이름들은 구별을 위해서일 뿐이야. 다 똑같고, 또 흔히 있는 이름들에 지나지 않으니까 정말 중요한 각자의 행적이 더 돋보일 수 있지. 내가 가진 이름인 쉬간은 위대한 군인, 학자, 철학자, 그리고 몇몇 존경스러운 성직자들의 이름이었어. 내 아이의 이름인 자미스는 과학자, 교사, 탐험가들이 가졌던 것이기도 하지."

"너는 선조들의 직업을 전부 기억하냐?"

제리는 고개를 끄덕였다.

"그럼, 그리고 그들이 언제 어디서 무슨 일을 했는지까지도. 다 큰 어른으로 인정받으려면 내가 우리 별의 햇수로 22년 전에 했던 것처럼 가계 기록 보관소 앞에서 가계를 암송해야만 해. 자미스도 똑같은 일을 할 거야, 다만 시작을⋯."

제리는 미소를 지었다.

"내 이름 제리바 쉬간으로 해야 한다는 점만 제외하면."

"너는 200명이나 되는 모든 선조의 전기를 암송할 수 있단 말이야?"

"그래."

나는 침대 위에 누워 몸을 쭉 뻗었다. 천장의 좁은 틈으로 연기가 빨려 나가는 모습을 보면서, 나는 제리가 나더러 허전하겠다고 말한 의미를 짐작할 수 있었다. 선대 어른들 수백 세대를 기억하고 있는 드랙이라면, 자신이 누구인지, 어떻게 살아야 하는지 잘 알지 않겠는가.

"제리?"

"응, 데이비지?"

"한번 듣고 싶은데, 나를 위해 그걸 암송해 주겠어?"

나는 고개를 돌려 드랙을 보았다. 제리의 표정이 놀라움에서 기쁨으로 순식간에 바뀌고 있었다. 한참 뒤에야 알게 된 사실이지만, 드랙인에게 가계를 묻는다는 것은 매우 큰 경의를 드러내는 행위였던 것이다. 드랙 종족에게 그것은 비단 개인에게만이 아니라 가계 전체에 존경을 표하는 일이었다.

제리는 바느질하고 있던 모자를 모랫바닥 위에 내려놓고는 일어서서 암송을 시작했다.

여기 당신 앞에 나, 제리바 가계의 음악교사 고티그의 자식인 쉬간이 서 있습니다. 고티그는 매우 훌륭한 음악가이며, 고티그의 제자로는 넴 가계의 다치즈, 투스코르 가계의 페라바네, 그리고 다른 많은 음악가들이 있습니다. 쉬무람에서 음악교육을 받은 고티그는 11051년, 가계 기록 보관소 앞에 서서 그의 부모인 선박 제조자 하에스니에 대해 말하고….

전기는 죽음에서 시작하여 성년으로 끝나도록 시간을 거

슬러 올라가는 식으로 이어졌다. 드랙 특유의 단조롭고 둔중한 가락에 귀를 기울이는 동안 나는 시간을 연결하고, 과거를 만지고, 역사를 이해하는 감각을 경험했다. 1만 1,000년 세월을 관통하면서도, 살아 움직이는 듯한 잘 정리된 하나의 연속체로 인식되는 역사. 전쟁, 창시되고 붕괴된 제국, 그리고 위대한 발견과 업적.

이에 반해서, 여기 나 데이비지 가계의 가정주부 시빌과 2급 토목기사 네이선의 아들로 태어난 윌리스는 당신 앞에 서 있습니다. 부모님 중 한 분은 할아버지의 자식이고, 할아버지는 아마 농업과 관련 있는 사람이었으며 특출났던 누군가의 자식도 아니었고⋯ 제기랄, 나는 이런 걸 할 만한 입장도 아니었다! 가계를 이을 사람은 내가 아니라 나의 형이다. 나는 제리의 암송에 귀를 기울이면서 그의 가계를 암기해 보기로 마음먹었다.

*

우리는 전쟁에 대해 이야기 나누었다.

"나를 대기권으로 유인해서 들이받다니, 꽤 근사한 속임수였어."

제리는 어깨를 으쓱했다.

"드랙 함대의 조종사는 최고지. 온 우주에 명성이 자자하잖아. 비카안 조종사를 한 번 본 적이 있지. 그도 훌륭했지만 드랙 함대 조종사가 최고야."

나는 눈썹을 치켜올렸다.

"흥, 그래서 나한테 꼬리 날개를 맞았냐?"

"그건 운이 좋은 거구."

"조종사도 없이 마하 5로 날아가는 망가진 전투기로 우리 전함을 맞힌 게 운이 좋은 거 아냐?"

제리는 또 어깨를 으쓱하더니 얼굴을 찡그리며 다시 뱀 껍질을 기웠다.

"지구인들은 왜 이쪽 은하 지역을 침략하는 거지, 데이비지? 아마딘 행성에서 끔찍한 일만 가득하잖아. 너희들이 오기 전까지 우린 수천 년간을 평화롭게 지내왔는데."

"허, 참! 너희 드랙이야말로 왜 침략하는 거지? 우리 역시 평화롭게 지내왔다구. 너희들은 여기서 뭘 하고 있는 거야? 알다시피 우리가 시작한 게 아니야."

"우리는 행성들에 정착해. 전통이라구. 우리는 탐험가이자 개척자란 말이야."

"이 두꺼비 낯짝아, 우린 뭐 방바닥에서 뭉개고만 있는 종족인 줄 아냐? 지구인들이 우주여행을 시작한 지는 200년도 채 안 되었지만, 너희 드랙 종족보다 거의 두 배나 넘게 행성들을 개척했다구."

제리는 손가락을 들어 올렸다.

"바로 그거야! 너희 인간들은 전염병처럼 순식간에 퍼졌다구. 아쉬락 범죄자들! 그걸로 충분해! 우린 너희들이 여기까지 어지럽히는 걸 원치 않아."

"그래? 우린 앞으로도 마지막 드랙이 아마딘을 떠날 때까지 머무를 거야, 어쩔래?"

"네가 보았다시피 이르크마안, 우린 싸울 거다!"

"쳇! 전쟁을 계속하겠다 이거지? 이거 봐, 제리. 너희들의 그 용맹한 허수아비 조종사들은 지금 우주에서 우리한테 죄다 박살 나고 있다구."

"흥, 데이비지! 그래서 넌 여기 앉아 뱀 고기나 핥고 있냐?"

나는 입에서 씹던 것을 꺼내 드랙 앞에다 대고 흔들었다.

"네 숨에서도 뱀 고기 냄새가 풍긴다, 이 드랙 놈아!"

제리는 큰 소리로 껄껄 웃고는 모닥불에서 물러났다. 그런 말을 한 나 자신이 바보같이 느껴졌다. 이 양성체와 서로 으스대며 하는 총 싸움이 무슨 의미가 있을까. 어쨌든 우리는 말린 뱀 고기를 사이에 두고 전쟁 문제를 곧장 해결할 생각은 없었다. 나는 제리에게 내 암송을 확인받고 싶었던 차였다. 100세대 넘게까지 외우고 있었으니까. 제리는 바느질감을 좀 더 또렷이 보려고 모닥불 가까이 다가앉았다.

"제리, 자네 무얼 만들고 있는 거지?"

"우린 더 이상 할 얘기가 없을 텐데, 데이비지."

"어이 친구, 그러지 말구. 그게 뭐야?"

제리는 내게 시선을 돌렸다가 자기 무릎을 내려다보더니 작은 뱀 껍질 옷을 집어 들었다.

"자미스 거."

제리는 미소를 지었고, 나는 고개를 설레설레 흔들며 웃고 말았다.

*

우리는 철학에 대해 이야기 나누었다.

"제리, 너는 쉬주마아트의 가르침을 공부했지? 나에게도 가르쳐 주지 않을래?"

"안 돼, 데이비지."

제리는 눈살을 찌푸렸다.

"쉬주마아트의 가르침은 비밀인가 보지?"

제리는 머리를 흔들었다.

"아니. 그렇지만 쉬주마아트는 함부로 입에 올리기에는 굉장히 우러러보는 존재야."

나는 턱을 문질렀다.

"너무 경배하는 존재라 입에 담기 어렵다는 거야, 아니면 지구인한테는 안 된다는 거야?"

"지구인에게 그렇다는 건 아니고, 데이비지 너라서."

"왜지?"

제리는 고개를 들어 노란 눈을 가늘게 떴다.

"네가 무슨 말을 했는지 기억할 거야. 음, 일전에 작은 섬 모래톱에서."

나는 머리를 긁적이고는 쉬주마아트가 키즈 똥을 먹느니 어쩌니 하며 제리에게 퍼부었던 욕설을 희미하게 떠올렸다. 나는 손을 내밀었다.

"하지만 제리, 그때 나는 제정신이 아니었고 화도 나 있었어. 그때 했던 말을 가지고 이럴 수 있는 거야?"

"자넨 분명히 쉬주마아트를 모독했어."

"내가 사과하면 되나?"

"안 돼, 늦었어."

나는 제리와 말다툼을 시작하는 대신, 그 당시 우리가 대치하며 서로의 목을 조르려 했던 순간을 떠올렸다. 그 첫 만남의 장면을 되새겨 보니 절로 웃음이 나왔다. 나는 짐짓 엄숙한 표정을 하고 말했다.

"네가 미키마우스에 대해 했던 말을 내가 용서한다면, 쉬주마이트의 가르침을 얘기해 줄 테야?"

나는 미키마우스를 말하는 대목에서 경의를 표하듯 고개를 숙였다. 사실은 터져 나오려는 웃음을 참기 위한 것이었지만.

나를 들여다보는 제리의 얼굴은 어느새 죄의식으로 창백해져 있었다.

"그건 내가 정말 잘못했어. 네가 용서해 준다면 나도 쉬주마이트에 대해 얘기해 줄게."

"좋아. 그러면 너를 용서하지, 제리."

"한 가지 더."

"뭔데?"

"너도 미키마우스의 가르침에 대해 내게 얘기해 주어야 해."

"그래… 어, 최선을 다해보지."

*

우리는 자미스에 대해 얘기했다.

"제리, 너는 자미스가 커서 뭐가 되길 바라지?"

드랙은 어깨를 으쓱했다.

"자기 이름에 걸맞게 살아야지. 아무튼 이 녀석이 긍지를 갖고 살아갔으면 해. 그게 내가 바라는 전부야."

"자미스는 직접 자신의 직업을 선택하게 될까?"

"그럼."

"그래도 네가 특별히 바라는 게 있을 거 아냐?"

제리는 고개를 끄덕였다.

"그래, 있지."

"그게 뭔데?"

"그건 말이야, 자미스가 어느 날엔가 이 끔찍한 행성에서
벗어나는 거지."

나는 고개를 끄덕였다.

"아멘."

"아멘."

8

겨울은 무척이나 길었다. 이 행성이 빙하시대로 접어든 건 아닐까 하고 생각할 정도였다. 동굴 밖을 나서면 모든 게 두꺼운 얼음층으로 뒤덮여 있었고, 끊임없이 몰아치는 바람은 체감온도를 한없이 낮추고 있었다. 한 번씩 밖으로 나가려면 얼어 죽거나 미끄러져 추락할 위험을 단단히 감수해야만 했다. 그래도 우리는 용변만큼은 밖에서 해결하기로 약속해서 볼일을 볼 때면 같이 나가곤 했다. 동굴 안쪽으로 깊숙이 들어가면 외딴 공간이 있긴 했지만 공기는 말할 것도 없고 식수원을 오염시킬까 봐 염려되었기 때문이다. 밖으로 나갔을 때 가장 조심해야 할 것은 입김마저 얼어붙게 하는 매서운 바람이었다. 전투비행복 천으로 만든 안면 머프를 착용했는데도 그랬다. 우리는 속옷을 내리더라도 절대로 어물거리지 않는 법을 배워나갔다.

어느 날 아침, 나는 케이크를 만들려고 말린 뿌리를 물에 개고 있었다. 제리는 밖에서 생리 현상을 해결하고 있었다. 갑자기 제리가 굴 입구에서 소리쳤다.

"데이비지!"

"뭐야?"

"데이비지, 빨리 와봐!"

설마… 우주선? 나는 그릇을 내려놓은 후 모자를 쓰고 장갑을 낀 채 밖으로 달려 나갔다. 출구로 나서기 직전에는 목에 두르고 있던 머프를 풀어서 입과 코를 막았다. 폐를 보호하기 위해서였다. 제리 역시 비슷한 복장을 한 채 동굴 밖에서 내게 손짓하고 있었다.

"무슨 일이야?"

내가 밖으로 나서자 제리는 옆으로 비켜섰다.

"와서 좀 보라구!"

햇빛이었다.

푸른 하늘 가득 햇빛이 비치고 있었다.

저 멀리 바다 위에는 새로운 구름들이 쌓이고 있었다. 하지만 우리 바로 위의 하늘은 맑았다. 태양을 똑바로 쳐다볼 수는 없었지만, 고개를 들자 따사로운 광선이 피부에 와닿았다. 햇빛은 얼음 덮인 바위와 나무들에 부딪혀 반짝거리고 있었다.

"아름답다."

"그래."

제리는 장갑 낀 손으로 내 소매를 꽉 쥐었다.

"데이비지, 이게 무얼 뜻하는지 알겠어?"

"뭔데?"

"밤에 봉화를 올리는 거야. 맑은 밤에 불을 크게 피우면 우주 궤도에서 보일지도 몰라, 안 그래?"

나는 제리와 하늘을 번갈아 쳐다보았다.

"글쎄. 맑은 날을 택해서 아주 큰 봉화를 올릴 때 그 순간 누군가 본다면…."

나는 고개를 숙였다.

"그건 저 위 궤도에서 누군가가 항상 이 행성을 관찰하고 있어야 가능한 얘기지."

손가락이 얼었는지 통증이 느껴졌다.

"춥다. 다시 들어가는 게 좋겠어."

"데이비지, 이건 기회라구!"

"장작이 있어야 봉화를 올리지, 제리."

나는 손을 뻗어 동굴 주변의 나무숲을 가리켰다.

"태울 수 있는 건 전부 다 최소 15센티미터 두께의 얼음으로 덮여 있잖아."

"동굴 안에…."

"저장해 둔 땔감?"

나는 머리를 저었다.

"겨울이 얼마나 오래갈지도 모르면서? 봉화를 올리는 데

낭비할 만큼 장작이 충분할 거 같아?"

"이건 기회야, 데이비지. 기회란 말이야!"

결국 우리 생존은 운에 맡기고 한번 시도해 보기로 했다. 나는 어깨를 으쓱했다.

"그래, 안 될 건 또 뭐야?"

우리는 모아둔 장작의 4분의 1을 동굴 밖으로 조심스레 운반하느라 몇 시간을 보냈다. 그러나 날이 저물면서 우리가 작업을 마칠 즈음, 하늘은 다시 두터운 회색 담요로 뒤덮였다. 우리는 매일 저녁마다 몇 번씩이나 나가서 하늘 상태를 확인하며 별이 나타나기를 기다리곤 했다. 낮 동안에는 나뭇더미 위에 쌓인 얼음을 깨는 데 몇 시간씩을 보내야 했다. 동굴 안의 장작이 바닥나서 봉화용으로 내놓은 것을 도로 가져다 쓸 때까지, 그래도 우리는 희망을 품고 할 수 있는 일이 있던 셈이다.

그날 밤, 제리는 처음으로 절망한 기색을 내비쳤다. 그는 화톳불 앞에 앉아 물끄러미 불꽃을 바라보고 있었다. 그러더니 뱀 껍질 재킷 속으로 손을 집어넣어 목에 걸고 있던 자그마한 금빛 정육면체를 꺼냈다. 제리는 그것을 양손으로 꽉 쥐고 눈을 감은 채 드랙어로 중얼거렸다. 나는 침대 위에 누워 제리가 그 일을 끝마칠 때까지 지켜보고 있었다. 그는 한숨을 쉬었다가 고개를 끄덕이고는 그 물체를 재킷 속으로 도로 집어넣었다.

"그게 뭔데?"

제리는 나를 쳐다보고 눈살을 찡그리더니 재킷 앞부분을 만졌다.

"이거 말이야? 탈만이야, 너네가 성경이라고 부르는."

"성경은 책이잖아. 알다시피 읽을 수 있도록 낱장으로 되어 있는데."

제리는 그것을 재킷에서 다시 꺼내어 드랙어로 무슨 어구를 중얼거리더니 작은 고리를 잡아당겼다. 처음 것에서 또 다른 금빛 정육면체가 떨어져 나왔다. 드랙은 그것을 내게 내밀었다.

"자, 조심스럽게 다뤄, 데이비지."

나는 그 물체를 받아서 불빛에 이리저리 비춰보았다. 금빛 금속으로 된 세 개의 경첩이 각 변마다 2.5센티미터 정도되는 책의 테두리를 이루고 있었다. 나는 책의 중간 부분을 펼쳐 점과 선, 휘갈겨 쓴 문자들을 살펴보았다.

"드랙어로 되어 있네."

"물론이지."

"그러면 난 읽을 수가 없는데."

제리의 눈썹이 치켜 올라갔다.

"너 드랙어로 말은 잘하잖아. 그럼 내가 가르쳐 줄까?"

"이걸 읽기 위해서?"

"왜, 안 돼? 너는 지켜야 할 약속이 있을 텐데?"

나는 어깨를 으쓱했다.

"안 될 거 없지."

나는 장들을 넘겨보려고 시도했다. 약 50장 정도가 한꺼번에 넘어갔다.

"이거, 한 쪽씩 넘길 수가 없는데."

제리는 책 뒷면의 윗부분에 튀어나온 작은 돌기를 가리켰다.

"이 핀을 잡아당겨. 책 넘길 때 쓰는 거야."

나는 바늘같이 생긴 그것을 잡아당겨 펼쳐진 쪽을 건드렸다. 그러자 자연스레 미끄러지더니 휙 넘어갔다.

"탈만은 누가 쓴 거지, 제리?"

"여러 위대한 스승들이."

"쉬주마아트?"

제리는 고개를 끄덕였다.

"쉬주마아트도 그중 한 분이지."

나는 책을 덮고 손바닥에 올려놓았다.

"제리, 지금 왜 이걸 꺼낸 거야?"

"평안을 얻으려구."

드랙은 팔을 쭉 뻗었다.

"우린 아마도 이곳에서 늙어 죽게 되겠지. 구조되지 못할 거야. 밖에 내두었던 봉화용 장작을 다시 가지고 들어오면서 깨달았어."

제리는 두 손을 배 위에 올려놓았다.

"자미스는 여기서 태어날 거야. 거역할 수 없는 운명을 받아들여야 할 때, 탈만은 큰 도움이 돼."

"자미스는 언제 나오지?"

제리는 미소를 띠었다.

"곧."

나는 그 작은 책을 바라보았다.

"이걸 읽을 수 있게 나한테 드랙 문자를 가르쳐 줘, 제리."

드랙은 목에 걸고 있던 줄과 주머니를 풀어 내게 건넸다.

"탈만은 이 안에 넣어서 간직해 줘."

나는 잠시 그것을 받아 들고 있다가 고개를 저었다.

"내가 왜 이걸 가지고 있어, 제리? 너한테 굉장히 중요할 텐데. 내가 잃어버리기라도 하면 어쩌려고 그래?"

"안 잃어버릴 거야. 배울 동안에는 네가 보관해. 학생이라면 그래야지."

나는 줄을 목에 걸었다.

"이거야말로 네가 나에게 주는 크나큰 명예로구나."

제리는 어깨를 으쓱했다.

77

"네가 제리바 가계를 암기해 준 영광에는 못 미치지. 너의 암송은 아주 정확하고, 또 감동적이었어."

제리는 모닥불에서 기다란 숯 조각을 집어 들고 일어서서는 벽으로 다가갔다. 그날 밤, 나는 서른한 개의 드랙 알파벳 문자와 드랙어 쓰기 용법에 사용되는 별도의 아홉 개 문자도 배우기 시작했다.

9

구불거리는 선, 구불거리는 선, 점, 한 칸 띄고 점, 점, 고리 모양, 구불거리는 선, 한 칸 띄고….

"표식 말을 창조한 나, 미스타안은 당신 앞에서 아아크바 신화와 우헤 이야기 그리고 첫 진리를 설파한 쉬주마아트의 말씀을 들려주겠다."

그것은 이 양성체 외계인을 위한 창세기이자 에덴동산이었다. 아아크바 신의 모든 말씀과 계시는 그의 수석 사제인 라다 이전에 이미 어느 정도 집대성되어 있었다. 그리고 라다는 아아크바의 진리 율법을 확정하기 위해 그것을 철저히 분류했다. 그 후 율법이 의심받자 신은 율법을 앗아 갔고 세상을 전쟁으로 몰아넣었다. 전쟁의 공포가 지나간 후 신의 율법은 더 이상 의심받지 않았고, 신은 다시 돌아오기를 간청받았다. 세상은 분열되어 신디 행성 사람들은 갈라섰지만 다시 평화와 풍요가 찾아오기도 했다. 다음 의심과 다음 전쟁이 다시 일어날 때까지.

세상 만물, 패턴과 무늬 그리고 때때로 올이 풀려 나온 직물이 있다. 결국 모든 것이 풀어져 버리고 불길 속에서 치솟는 무서운 옛이야기가 있다.

나는 가끔 대학 시절로 돌아가고 싶었다. 우주에 관한 문제, 그 해답을 위한 쓸모없고 끝없는 시도. 고대와 현대의 철학자들이 우리에게 마법을 베풀어 모든 난제를 해결해 주길 바랐던 여드름 성성한 몇 년간의 어린 시절.

전쟁이 일어나 아무도 돌아오지 못한다면 어떻게 될까?

그래, 네버랜드의 동굴에서 나타난 마법 용이 모든 총을 막대사탕으로 바꿔버리면 어떻게 될까?

나는 바람 불고 추운 바깥으로 향해 가며 바람에 대고 저주를 내뱉었다. 이 우주가 성숙해지기나 할는지 의아해하면서.

*

마침내 장작은 바닥이 났다. 제리는 출산일이 다가올수록 몸이 무거워졌고 약해졌다. 이제 그가 할 수 있는 일이라곤 용변을 보기 위해 내 도움을 받아 밖으로 어기적어기적 걸어 나오는 게 전부였다. 따라서 죽은 나무 위 얼음을 깨며 장작을 모으고 또 요리하는 일도 내 몫이었다.

유난히 바람이 몰아치던 어느 날, 나는 나무 위의 얼음 두께가 얇아졌다는 사실을 알아차렸다. 우리는 겨울의 모퉁이를 돌아서 봄으로 가는 길목 어딘가로 들어서고 있었던 것이다. 나는 봄에 대한 생각으로 얼음 깨는 시간을 기꺼이 보낼 수 있었으며, 제리가 가져다줄 좋은 소식도 고대하고 있었다. 물론 겨울은 드랙에게는 견디기 힘든 시기였지만. 나는 동굴 위 숲에 올라가서 모아놓았던 장작을 한 아름씩 아래로 떨어뜨리던 중이었다. 갑자기 비명이 들렸다. 나는 얼어붙은 몸으로 주위를 둘러보았다. 언제나처럼 바다와 얼음뿐이었지만, 다시 비명이 다시 들려왔다.

"데이비지!"

제리였다. 나는 들고 있던 장작더미를 팽개치고는 절벽 사이 갈라진 틈을 따라서 달려 내려갔다. 제리가 다시 비명을 질렀다. 나는 몸을 던져 동굴 입구 근처 편평한 바위 시렁에 닿을 때까지 굴러갔다. 동굴 안으로 들어서서도 속도를 줄이지 않고 내달렸다. 제리는 손가락으로 모래를 후벼 파며 침대 위에서 마구 몸부림치고 있었다.

나는 드랙 옆에서 무릎을 굽혔다.

"제리! 나 여기 있어. 무슨 일이야? 뭐가 잘못된 거야?"

"데이비지!"

드랙은 나를 보지도 못하고 눈을 희번덕거리고 있었다. 그는 입술을 달싹이더니 다시 한번 비명을 질렀다.

"제리, 나야!"

나는 제리의 팔을 흔들었다.

"나란 말이야, 제리! 데이비지라구!"

제리는 내게 고개를 돌렸다. 고통에 찌든 얼굴이었다. 그는 한 손으로 내 왼쪽 손목을 꽉 쥐었다.

"데이비지! 자미스가… 뭔가 잘못된 거 같아!"

"뭐? 내가 어떻게 하면 되나?"

제리는 다시 비명을 지르고는, 실신할 듯 머리를 침대에 떨어뜨렸다. 그는 의식을 찾으려고 애쓰며 내 머리를 자신의 입 쪽으로 잡아당겼다.

"데이비지, 맹세해 줘."

"뭘? 제리, 뭘 맹세하란 말이야?"

"자미스를… 드래코로, 우리 가계 기록 보관소 앞에 설 수 있도록. 꼭 그렇게 해줘."

"무슨 소리야? 마치 죽기라고 할 것처럼."

"아마 그럴 거야, 데이비지. 자미스는 200대 손이야. 너무나 중요해. 내 아이를 꼭 그곳에 데려가 줘, 데이비지. 제발 맹세해 줘!"

나는 다른 한 손으로 얼굴에서 땀을 훔쳐 냈다.

"너는 죽지 않아, 제리. 제발 정신 차려!"

"아니야. 사실을 받아들여, 데이비지! 나는 죽을 거야. 네가 자미스에게 제리바의 가계를 가르쳐 줘야 해… 그 책, 탈만, 가베이?"

"아냐!"

무력감이 갑자기 엄습했다.

"그런 말 하지 마! 너는 죽지 않아, 제리. 자, 이겨내, 이 키
즈로데 개자식아…."

제리는 계속 비명을 질러댔다. 호흡이 갈수록 약해지면서
의식이 오락가락했다.

"데이비지."

"응?"

나는 내가 어린애처럼 흐느껴 울고 있음을 깨달았다.

"데이비지, 자미스가 나올 수 있도록 도와줘."

"뭐라구? 어떻게? 무슨 얘기야?"

제리는 얼굴을 벽 쪽으로 돌렸다.

"내 옷을 들춰봐."

"뭐?"

"내 옷을 들춰보라구, 데이비지. 어서!"

뱀 껍질 재킷을 들추니 제리의 부푼 배가 드러났다. 배 아
래쪽 분홍빛 주름진 부분에서 투명한 액체가 흘러나오고 있
었다.

"내가… 어떻게 해야 하지?"

제리는 숨을 가쁘게 쉬면서 대답했다.

"거기를 찢어서 벌려! 찢어야 한다구, 데이비지!"

"난 못 해."

"어서 해! 안 그러면 자미스가 죽어!"

"내가 왜 이 빌어먹을 아기를 걱정해야 해? 제리, 너를 살리려면 어떻게 해야 하냐구?"

"어서 찢어."

제리는 가냘픈 목소리로 말했다.

"내 아이를 보살펴 줘, 이르크마안. 자미스를 제리바의 가계 기록 보관소 앞에 데려가 줘. 그렇게 하겠다고 내게 약속해 줘."

"오, 제리⋯."

"맹세해!"

나는 고개를 끄덕였다. 뜨거운 눈물이 볼을 타고 흘러내리고 있었다.

"그래, 맹세할게⋯."

제리는 내 손목을 움켜쥐고 있던 손을 풀고 눈을 감았다. 나는 망연자실해하며 무릎을 꿇었다.

"안 돼! 난 못 해! 제리⋯ 도저히 못 하겠어⋯."

나는 천천히 손을 뻗어서 제리의 복부의 주름진 부위를 만졌다. 드랙의 자궁 속, 공기 없는 감금 상태에서 빠져나와 숨을 쉬려 꿈틀거리는 한 생명을 느낄 수 있었다. 나는 그것이 싫었다. 생전 느껴보지 못한 증오심이 일었다. 그것의 움직임은 점점 약해지더니 멈춰버렸다.

나는 손가락을 주름 부위 속에 집어넣어 조심스럽게 잡아당겼다. 점점 더 힘을 세게 주어 제리의 배를 미친 사람처럼 찢었다. 그곳이 터지듯 열리면서 투명한 액체가 내 재킷을 적셨다. 나는 끈적이는 액체 속에서 웅크린 채 움직이지 않고 있는 자미스의 형체를 볼 수 있었다.

구역질이 나왔다. 구토를 계속해서 더 이상 게워 낼 게 없어진 상태에서 안으로 손을 넣어 드랙의 신생아를 받쳐 들었다. 왼쪽 소매로 내 입을 닦아 냈고, 오른손으로는 아이의 입을 벌렸다. 세 번, 네 번, 내 입을 통해 허파에 공기가 들어가자 아이는 기침을 터뜨렸다. 그러더니 울기 시작했다. 나는 두 가닥으로 달려 있는 탯줄을 딸기 관목 섬유로 묶고 잘라 냈다. 마침내 제리바 자미스는 이미 죽은 부모의 살에서부터 떨어져 나왔다.

10

나는 바위를 머리 위로 치켜들었다가 있는 힘을 다해 내리쳤다. 얼음 파편들이 산산이 부서져 날아가며 그 아래 암록색 대지가 드러났다. 나는 다시 바위를 들어 올려 다른 바위들을 내리쳤다. 이미 반쯤 덮인 제리의 시신 위에다 나는 돌조각들을 덮었다.

"드랙."

나는 중얼거렸다.

좋아, 그냥 드랙이라고만 부르겠다. 두꺼비 낯짝, 드랙 놈.

나의 적. 내 고통을 무디게 할 수만 있다면 어떤 이름으로든 부를 테다.

나는 쌓아놓은 돌무더기를 바라보았다. 이만하면 충분하다는 생각이 들었다. 나는 무덤 옆에서 무릎을 굽혔다. 돌을 쌓아 올리는 동안 거센 바람에 날려 온 무심한 진눈깨비들이 내 재킷 위에 내려앉아 얼어붙고 있었다. 나는 눈물을 참으려고 안간힘을 썼다.

혈액순환을 위해 손뼉을 치며 밤하늘을 살펴보았다. 봄

이 가까이 다가오고는 있었지만 아직은 밖에 오래 머무르면 위험했다. 드랙의 무덤을 만드는 데 오랜 시간이 걸렸다. 나는 다른 돌 하나를 주워 올려놓았다. 돌의 무게에도 꿈쩍하지 않는 걸 보니 드랙의 시신은 벌써 얼어붙은 모양이었다. 나는 재빨리 나머지 돌들을 올려놓고 일어섰다.

바람이 세차게 몰아쳐 나는 무덤 옆 얼음에 발을 헛디딜 뻔했다. 멀리 파도치는 바다를 바라보다가 뱀 껍질 옷을 단단히 여미고는 돌무더기를 내려다보았다.

무언가 말이 필요하다. 그냥 시신을 묻어두기만 하고 아무 일 없었다는 듯 가버릴 수는 없어. 무언가 말이 필요해.

무슨 말을 하지? 나는 신앙인이 아니었고 드랙도 마찬가지였다. 죽음에 관한 한 그나 나나 별생각이 없었다. 내가 천당이나 극락, 발할라 등을 믿지 않는 것처럼 제리도 내세관이 없었다. 죽음은 죽음일 뿐, 종말, 끝, 벌레가 파먹는….

하지만 역시 뭔가 말이 필요하다.

나는 옷 밑으로 장갑 낀 손을 넣고는 탈만을 꽉 쥐었다. 그 금빛 정육면체의 날카로운 모서리를 어루만졌다.

눈을 감고 위대한 드랙 철학자들의 경구들을 머릿속에서 더듬었다. 하지만 이 순간을 위해 언급한 글은 아무것도 없었다.

탈만은 생에 관한 책이었다. 탈마는 생을 의미했고 이는 드랙 철학의 핵심이었다. 그들은 죽음에 대해서는 일절 언급하지 않았다. 죽음은 생의 끝이라는 하나의 사실에 불과했다. 탈만은 내게 아무 말도 해줄 수 없었다. 칼날 같은 바람에 몸이 마구 떨렸다. 손가락은 이미 감각이 없어졌고, 발에서는 통증이 느껴지기 시작했다. 하지만 말이 있어야 한다. 그러나 이제 드랙이 영영 가버렸다는 것을 실감하면서, 내가 겨우 떠올릴 수 있었던 말은 '봇물이 터지나니, 내 존재는 고통으로 넘치리라' 정도뿐이었다.

여전히… 말이 필요하다.

"제리, 난…."

결국 아무 말도 할 수가 없었다. 나는 진눈깨비와 뒤섞인 눈물을 흘리며 무덤에서 돌아섰다.

*

따뜻한 동굴의 정적 속에서, 나는 등을 벽에 기댄 채 침대 위에 앉아 있었다. 벽에 드리워진 그림자와 모닥불 불빛의 깜빡임에 정신을 쏟으려고 애썼다. 형체들은 반쯤 생겼다가, 정신을 집중할라치면 사라지곤 했다.

어렸을 때 따뜻한 여름날이면 구름을 보면서 그 형태에서 얼굴이나 성곽, 여러 동물, 용, 거인 등을 찾아내곤 했다. 그것은 중산층 소년의 평범하고 틀에 박힌 생활에 경이로움과 모험심을 불어넣어 주는 탈출과 환상의 세계였다. 그러나 동굴 벽에서 내가 본 것은 지옥의 광경이었다. 서로 얽혀 번들거리는 불꽃들 속에서 저주받은 영혼들이 괴기스럽게 춤추는 모습들. 나는 웃음을 참을 수가 없었다. 사람들은 지옥이라고 하면 째지는 듯한 웃음소리에 갈퀴 창을 든 악마들이 우글거리는 불바다를 떠올리곤 한다. 그러나 파이린 4호 행성은 지옥의 진실을 내게 가르쳐 주었다. 배고픔과 끝없는 추위 그리고 외로움이야말로 진짜 지옥이다.

나는 우는 소리를 들었다. 동굴의 건너편 어둠 속 작은 침상 쪽을 바라보았다. 제리는 자미스를 위해서 씨앗 꼬투리를 채워 넣은 아기용 뱀 껍질 침낭을 만들었었다. 다시 울음소리가 들렸다. 뭘 보채나 싶어 가까이 다가가 살펴보았다. 덜컥 두려움이 치솟았다. 드랙 아기에겐 무엇을 먹여야 하지? 드랙은 포유동물이 아니었다. 내가 지구에서 드랙에 대해 배운 것이라곤 어떻게 식별하고 어떻게 죽이는가가 전부였다. 갑작스러운 현실적인 공포감이 삽시간에 부풀어 올랐다.

"제기랄, 기저귀로 뭘 써야 하지?"

다시 울음소리가 들렸다. 나는 몸을 일으켜 모랫바닥을 걸어가 아기 옆에서 무릎을 굽혔다. 제리의 낡은 비행복으로 만든 포대기 안에서 통통한 두 팔이 나와 손가락 세 개가 달린 손을 허공에 휘젓고 있었다. 나는 포대기를 들어 모닥불 가까이 가서 앉았다. 그러고는 포대기를 무릎 위에 놓고 조심스레 펼쳐보았다. 잠기가 가득한 눈꺼풀 안에서 자미스의 눈이 노란 광채를 내며 반짝이고 있었다. 통통한 점만 제외하면, 거의 코가 없는 얼굴이며 단단한 치아와 진노란 피부까지 자미스는 구석구석이 제리를 그대로 빼다 박은 모습이었다. 자미스의 몸은 지방 덩어리로 완전히 덮여 있었다. 포대기를 살펴보니 똥을 싸놓지 않아서 다행이었다.

나는 아기의 얼굴을 들여다보고 말했다.

"뭘 좀 먹어야겠지?"

"꺄아."

아기의 턱은 이미 음식물을 씹을 준비가 되어 있는 듯 보였다. 드랙은 태어난 날부터 단단한 음식을 씹어야 할 것 같다고 생각했다. 나는 모닥불 가장자리에 있던 말린 뱀 고기 한 조각을 집어 들어 아기의 입에 대주었지만, 자미스는 고개를 돌렸다.

"좀 먹어봐라. 내가 줄 수 있는 최고로 맛있는 음식이야."

나는 다시 뱀 고기를 아기의 입술에 갖다 대었다. 자미스는 통통한 팔로 밀어냈다. 나는 어깨를 으쓱했다.

"그래, 여기 둘 테니까 배고프면 언제든 먹어라."

"꺄아, 메에!"

아기는 내 무릎 위에서 고개를 앞뒤로 흔들며 손가락 세 개가 달린 작은 손으로 내 손가락을 감싼 채 다시 울기 시작했다.

"싫으면 안 먹어도 돼. 도대체 원하는 게 뭐야? 코스 바누?"

아기의 얼굴에 주름이 잡혔다. 조그만 손 하나로 내 손가락을 잡아당겼고 다른 손은 내 가슴 앞에서 흔들었다. 나는 포대기를 들어 올려 여몄다. 아기는 손을 뻗어 내 뱀 껍질 옷의 앞부분을 꽉 움켜쥐고는 놓지 않았다. 내가 끌어안자 아기는 내 가슴에 뺨을 대고 곧 잠이 들었다.

"그래… 나는 저주받을 거야."

*

나는 드랙이 죽은 뒤로 스스로가 점점 미쳐가고 있다는 사실을 깨달았다. 외로움은 암세포처럼 증오심으로 자라나고 있었다. 외로움은 단순히 불편한 감정이 아니었다. 끝없는 추위와 바람, 고립에서 오는 이 행성에 대한 증오심. 내가 애정으로 보살펴 줄 수 없는 이 무력하고 노란 아기에 대한 증오심. 그리고 그런 나 자신에 대한 증오심. 나는 스스로를 놀라게 하고 역겹게 하는 일들에 봉착해 있는 자신을 발견했다. 혼자라는 두터운 벽을 깨기 위해, 나는 혼자서 중얼거리고 소리치고 노래 부르곤 했다. 욕지거리, 허튼소리, 무의미한 불평을 계속 내뱉었다.

*

아기가 눈을 뜬 채 통통한 팔을 내저으며 옹알이를 했다. 나는 두 손으로 돌덩이를 주워 들고 비틀비틀 아기 곁으로 다가갔다.

"꼬마야, 내가 이걸 떨어뜨리면 넌 어떻게 도망칠 거냐?"

내 입술에서 비식 새어 나오는 웃음을 느꼈다. 나는 돌덩이를 옆에다 던져놓았다.

"왜 내가 동굴 안에서 지저분하게 이러고 있지? 동굴 밖에 1분만 내놓으면 꽁꽁 얼어 죽을 텐데! 듣고 있어? 죽는다구!"

아기는 허공에 대고 세 손가락을 휘젓다가 눈을 감고 울기 시작했다.

"왜 안 먹는 거야? 왜 똥도 누지 않지? 넌 왜 우는 거 말고는 할 줄 아는 게 없냐구?"

아기는 더 큰 소리로 울어댔다.

"흥! 바위로 끝장을 내버렸어야 했어! 그랬어야 했는데

…"

　나 자신에게 치밀어 오르는 혐오감 때문에 말을 계속할
수가 없었다. 나는 침상으로 가서 모자와 장갑, 머프를 주워
들고 동굴 밖으로 향했다. 입구에 닿기도 전에 거센 바람이
느껴졌다. 동굴 밖으로 나온 후 나는 자리에 멈춰 서서 바다
와 하늘을 바라보았다. 흰색과 검은색 그리고 녹색이 어우러
진 현란한 전경이 펼쳐져 있었다. 바람은 여전히 거세어 똑바
로 서 있기 힘들 정도였다. 나는 힘겹게 몸을 가누며 절벽 끝
까지 걸어가서 바다를 향해 주먹을 흔들었다.

　"그래, 계속해! 계속 불어봐라! 이 키즈로데 개자식아, 이
정도 바람으로 내가 죽을 거 같냐!"

　나는 눈을 감고 바람에 짓무른 눈꺼풀을 비비다가 아래
를 내려다보았다. 40미터 정도 아래에 바위 턱이 튀어나와
있었다. 멀리서 도움닫기로 뛰어오면 다다를 수 있을 것 같았
다. 그러면 150미터 아래 또 바위가 있었다.

　나는 절벽 끝에서 뒤로 물러섰다.

　"뛰어내려, 어서! 뛰어내리라구."

　나는 바다를 향해 머리를 흔들었다.

　"어림없지. 내가 너 좋으라고 뛰어내릴 것 같아? 나 죽는
꼴을 보고 싶으면 네가 직접 해야 할걸!"

　나는 동굴 쪽으로 고개를 돌려 위를 쳐다보았다. 하늘은

점점 어두워지고 있었다. 몇 시간 안에 밤이 천지를 뒤덮을 것이다. 나는 동굴 위 관목 숲으로 이어져 있는 바위 틈새 길을 향해 발길을 돌렸다.

11

    나는 드랙의 무덤 옆에 가서 털썩 주저앉았다. 내가 쌓아 올린 돌무더기를 무심히 바라보았다. 벌써 두꺼운 얼음층이 덮여 있었다.

    "제리, 난 앞으로 어떡하면 좋냐?"

    그때 우리는 모닥불 옆에서 바느질을 하며 이야기하고 있었다.

    "제리, 너는 이 내용을 다 알지."

    나는 탈만을 집어 들었다.

    "여기 나오는 말들은 모두 전에 한 번씩은 들은 적 있는 내용이더군. 난 뭐 다른 게 있나 기대했지."

    드랙은 바느질감을 무릎에 내려놓더니 잠시 동안 나를 바라보았다. 그러고 나서는 고개를 설레설레 젓더니 다시 바느질을 이어나갔다.

    "너는 정말 심오함과는 거리가 먼 피조물이구나."

    "그게 무슨 말이야?"

    제리는 손가락이 셋 달린 손을 내밀었다.

"한 우주 말이야, 데이비지. 저 밖의 우주는 하나야. 생명과 대상과 사건이 있는 우주지. 차이는 있지만 모두 같은 우주 안에 있어. 그러니까 우리 모두는 보편적이고 똑같은 우주 법칙을 따라야 하는 거야. 전에 이런 생각을 해본 적이 없나?"

"없는데."

"바로 그거야, 데이비지. 너는 정말 철학하곤 끔찍할 만큼 거리가 멀다구."

나는 발끈해서 말했다.

"다시 말하지만, 탈만에 나오는 부질없는 말들은 전에 지구에서도 들어왔던 것들이야, 알겠어? 그러니까 우리 인간들도 너희 드랙들만큼 심오한 철학을 갖고 있다구!"

제리는 웃음을 터뜨렸다.

"너는 내가 뭐라고 하면 항상 종족 문제로 확대시키는구나. 나는 너에 대해서 얘기한 거지, 지구인 종족에 대해서 말한 게 아니야."

나는 얼어붙은 땅바닥에 침을 내뱉었다.

"드랙, 너는 네가 더럽게 똑똑하다고 생각하지?"

바람이 점점 더 거세게 불어왔다. 나는 바다에서 실려 오는 소금기를 느낄 수 있었다. 거대한 폭풍이 다가오고 있었다. 하늘은 밤이 아닌가 싶을 정도로 어두워진 채 심상치 않은 푸른빛을 띠고 있었다. 옷깃에 매달려 있던 얼음 조각 하나를 떼어 냈다.

"내가 뭐가 어떻단 말이야? 온 세상 사람들이 다 그 망할 철학자가 되어야 할 필요는 없잖아, 두꺼비 낯짝아!"

세상에는 나처럼 평범한 사람이 수백만, 아니 수십억 명 있다. 아마 훨씬 더 많을 것이다.

"내가 존재에 대해 심각하게 생각하든 말든 무슨 차이가 있단 말이야? 나는 여기 엄연히 존재하고 있어. 내가 알아야 할 것은 그게 전부라구."

"데이비지, 너는 부모 대만 넘어서면 집안의 계통에 대해서는 아무것도 모르잖아. 게다가 지금 네가 속해 있고 알 수 있는 세계에 대해서조차 이해하기를 거부하고 있지. 너는 이 세계에서 네가 차지하고 있는 위치를 어떻게 생각해? 너는 어디에 있는 거야? 너란 존재는 누구야?"

나는 머리를 흔들고 무덤을 응시했다. 그러고선 다시 고개를 돌려 바다를 바라보았다. 1시간쯤 지난 사이에 파도의 흰 물결이 보이지 않을 정도로 어두워져 있었다.

"나는 나지, 누구긴 누구야."

그렇지만 갓난아이의 머리 위로 돌덩이를 들어 올려 죽음으로 위협한 게 '나'란 말인가? 나는 외로움에 사무쳐서 장이 뒤틀리는 것을 느꼈다. 발톱과 어금니가 점점 자라나서 그

나마 남아 있는 분별력을 갉아 먹는 것 같았다.

나는 무덤 쪽으로 돌아서서 눈을 감았다가 떴다.

"나는 전투기 조종사야, 제리. 이건 아무것도 아닌가?"

"그건 직업일 뿐이야, 데이비지. 그건 네가 누구인지, 어떤 사람인지 말해주는 게 아니야."

나는 무덤 옆에서 무릎을 굽히고 얼음 덮인 바위를 손으로 긁어댔다.

"이제 나한테 아무 말도 하지 마, 드랙! 너는 이미 죽었다구!"

나는 말을 멈추었고, 비로소 깨달았다. 내 귀에 들린 말들은 탈만에 있는 내용을 나 자신의 소리로 나타낸 것일 따름이었다. 나는 바위에 기댄 채 불어오는 바람을 맞고 있다가 다시 일어섰다.

"제리, 자미스가 아무것도 먹으려 들질 않아. 벌써 사흘째야, 어떡하지? 왜 너는 아기 드랙에 대해 아무 말도 해주지 않았냐…."

나는 손을 얼굴에 댔다.

"이봐, 침착하라구. 버텨봐. 그러면 다 잘될 거야."

바람이 등을 떠밀었고, 나는 무덤에서 걸어 나왔다.

                                    *

 나는 동굴 안에서 앉은 채 불빛을 응시하고 있었다. 바위
를 스치는 바람 소리는 들리지 않았다. 잘 마른 땔감에서 불
꽃이 소리 없이 계속 타올랐다. 나는 무릎을 두드리며 콧노
래를 흥얼거리기 시작했다. 소리는 어떤 종류라도 무겁게 짓
누르는 외로움을 몰아내는 데는 도움이 되었다.

 "개자식!"

 나는 소리 내어 웃다가 고개를 끄덕였다.

 "그럼, 그렇고말구. 키즈로데 바 누, 두챠아트."

 나는 제리에게 배웠던 드랙의 모든 욕설과 음탕한 말들을
기억해 내려고 애쓰면서 웃었다. 하나씩 상기해 보니 제법 많
았다. 발가락으로 모래를 두드리며 다시 콧노래를 흥얼거리
기 시작했다. 그러다가 어떤 노래 가사가 생각났다.

 높고 엄하고 전능하신 우리 주,

 빌어먹을, 우리는 도대체 누굴까요?

 짐 잼, 제기랄,

 우리는 B 전투비행대 소속이지요.

 나는 동굴 벽에 기댄 채로 다른 가사들을 기억해 내려 애
썼다.

 조종사는 시시한 삶을 살았다네.

차에 곁들일 과자도 없고,

장군 사모님께 봉사도 해야 하고,

사모님 무릎에서 벼룩도 집어내야 하고.

"망할!"

나는 무릎을 탁 치며 비행대 휴게실에서 같이 히히덕거리던 다른 동료들의 얼굴을 떠올렸다. 콧속을 간질이는 위스키 향이 느껴지는 것 같았다. 바딕, 우스터, 아널드… 부러진 코를 가진 녀석, 데메레스트, 카디즈. 나는 다시 노래를 흥얼거리며 상상의 술잔을 흔들었다.

그리고 놈이 그걸 좋아하지 않는다면,

우리가 어떻게 할지 내가 말해줄게.

그놈 똥구멍을 깨진 유리 조각으로 채워줄 거야.

그리고 아교로 봉해버리지.

노랫소리가 동굴 안에서 쩌렁쩌렁 울려 퍼졌다. 나는 자리에서 일어나 팔을 치켜들고 소리를 질렀다.

"야아아아호오오오!"

자미스가 울기 시작했다. 나는 입술을 깨물고 침상 위 포대기 쪽으로 다가갔다.

"그래, 이제 먹을 준비가 됐니?"

"꺄아."

아기는 머리를 앞뒤로 흔들었다. 나는 모닥불로 가서 뱀 고기 조각을 집어 왔다. 그러고는 자미스 옆에서 무릎을 굽히고 앉아 입에 대주었다. 하지만 아기는 다시 밀어냈다.

"먹어, 아가야. 넌 먹어야 해."

다시 한번 시도했지만 결과는 마찬가지였다. 나는 포대기를 들추어 아기의 몸을 살펴보았다. 약해진 듯하진 않은데 몸이 좀 홀쭉해져 있었다. 나는 포대기를 다시 여며주었다. 자리에서 일어나 한동안 내려보다가 내 침상으로 돌아갔다.

"까아."

나는 돌아보았다.

"뭐라구?"

"까아, 아."

나는 다시 걸어가서 아기를 들어 올렸다. 아기는 내 얼굴을 들여다보다가 빙그레 웃었다.

"날 보고 못생겼다고 비웃었겠다? 네 얼굴은 어떤지나 아니?"

자미스는 짧게 웃음을 터뜨리더니 까르륵거리는 소리를 냈다. 나는 내 침상으로 걸어가 앉아서 자미스를 무릎 위에 눕혔다.

"부우, 부우."

아기의 손이 내 셔츠의 늘어진 뱀 껍질 자락을 움켜쥐고 잡아당겼다.

"그래 나도 부우 부우다. 우리 이제 뭘 할까? 제리바의 혈통을 가르쳐 줄까? 너는 그걸 언젠가는 배워야 하는데, 지금 당장 시작하는 게 좋겠다."

나는 자미스의 눈을 들여다보았다.

"내가 너를 제리바의 가계 기록 보관소 앞에 세우면, 넌 이렇게 말해야 한단다. '여기 제리바 가계의 전투기 조종사 쉬간에게서 태어난 자미스가 당신 앞에 서 있습니다.'"

만일 자미스가 이런 식으로 말한다면 어떨까? 나는 자미스가 계속 암송하며 노란 눈썹을 치켜올릴 모습을 떠올리면서 혼자 실실거렸다.

"빌어먹을, 그 쉬간은 아주 뛰어난 조종사였습니다. 전에 그는 그 뭐냐, 윌리스 데이비지라는 이르크마안의 키즈로데 개자식 하나를 들이받았다고 들었거든요."

나는 머리를 저었다.

"자미스, 네가 영어로 계통을 암송한다면 인정 못 받을 거다."

나는 다시 암송을 시작했다.

"나아타 누 엔타 바, 자미스 제아 도스 제리바, 에스타이 바 쉬간, 아사암 나아 덴바다…."

*

　나는 꼬박 여드레 밤낮을 아기가 죽을까 봐 노심초사했다. 할 수 있는 시도는 다 해보았다. 나무뿌리, 말린 씨앗, 말린 열매, 말린 뱀 고기, 끓여서도 줘보고, 씹어서도 줘보고, 빻아서도 줘보았다. 자미스는 다 거부했다. 수시로 확인해 봤지만 포대기를 들추면 음식물은 내가 둔 그대로 놓여 있었다. 한데 자미스의 몸은 점점 더 야위어 가면서도 오히려 튼튼해지는 듯 보였다. 아흐레째 되는 날, 자미스는 동굴 바닥을 기기 시작했다. 심지어는 모닥불 바로 곁에까지 다가갔다. 사실 아기 침낭은 그다지 따뜻하지 않았던 것이다. 나는 아기가 기어 다니다가 다칠까 봐 두려워서 제리가 만들어 두었던 뱀 껍질 옷과 모자를 씌워주었다. 옷가지를 다 입힌 뒤, 나는 자미스를 들어 올리고 바라보았다. 어린애는 벌써 장난기 가득한 웃음을 지을 줄 알았다. 자미스가 노란 눈을 반짝이며 웃음 짓는 모습이 옷과 모자와 어울려 장난꾸러기 요정처럼 보였다. 저 혼자 세워놓았더니 두 발로 제법 버티고 섰다. 나는 가만 내버려 둬보았다. 자미스는 미소 띤 얼굴로 야윈 팔을 흔들었다. 아기는 머뭇머뭇 내 쪽으로 발을 떼어놓으며 환히 웃었다가 곧 넘어졌다. 나는 재빨리 안아주었다. 꼬마 드랙은 끽끽 울기 시작했다.

그로부터 이틀 뒤에 자미스는 걸음을 완전히 익혔다. 아이는 동굴과 웅덩이 어디든 발 닿는 곳은 다 가보려 했다. 바깥에 나갔다 오면 자미스를 찾아 동굴 안을 뒤지고 다니느라 조바심 나는 나날이 시작되었다. 마침내 어느 날, 동굴 밖으로 나가려 하기 직전에 꼬마 녀석을 붙잡았을 때에는 더 이상 그대로 내버려 둘 수가 없게 되었다. 나는 뱀 껍질로 멜빵을 만들어 자미스에게 입히고는 길게 끈을 이어 붙여 바위 돌출부에 단단히 묶어놓았다. 자미스는 여전히 줄기차게 돌아다녔지만, 이제 최소한 내 시야에서 벗어나지는 않았다.

걷기 시작한 지 나흘이 지나자 자미스는 드디어 음식물을 먹기 시작했다. 드랙의 갓난아이는 아마도 세상에서 가장 키우기 편한 기특한 아기일 것이다. 그들은 태어난 뒤 지구 시간으로 3~4주 정도는 전혀 음식물을 먹지 않고 축적해 둔 지방으로 견뎌낸다. 물론 그동안에는 배설물도 내놓지 않는다. 그들은 먼저 걸음마를 배우고는 용변을 깔끔하게 처리하는 방법을 익힌다. 음식물을 먹기 시작하는 때는 바로 그즈음부터다. 내가 상자를 하나 만들어서 자미스에게 용변을 보도록 가르쳐 주었더니, 다시는 반복할 필요가 없었다. 옷을 입고 벗는 요령도 대여섯 번 정도 일러주자 완전히 익혔다. 꼬마 드랙이 배우고 자라나는 모습을 지켜보면서 나는 예전에 같은 비행대에 속해 있던 동료들을 뒤늦게 이해할 수 있었다.

도저히 예쁘게 봐주기 곤란한 어린애 사진을 가져와서는 30분씩이나 지루한 설명을 해대던 사람들 말이다.

얼음이 녹기 전에 자미스는 입을 떼기 시작했다. 첫마디는 험한 날씨에 대한 말이었다.

"망할 바람."

어디서 배웠는지는 말해 무엇하랴.

나는 자미스에게 나를 이렇게 부르도록 가르쳤다.

"삼촌."

12

달리 마땅한 단어도 없었으므로 나는 얼음이 녹기 시작한 때를 '봄'이라고 부르기로 했다. 관목 숲이 초록빛을 다시 드러내고 뱀들이 얼음 구멍에서 기어 나와 돌아다니게 되기까지는 상당한 시간이 걸렸다. 하늘은 여전히 어두웠고 성난 듯 구름으로 잔뜩 뒤덮여 있었다. 진눈깨비가 땅으로 내려와 미끄럽고 단단한 빙판을 이루었다. 하지만 얼음은 이튿날이면 다 녹아서 땅속으로 스며들었다.

나는 지금이야말로 땔감을 넉넉하게 모아둘 시기라고 인식했다. 지난번에 제리와 나는 겨울이 닥치기 전에 장작을 충분히 확보해 놓지 못했다. 짧은 여름 동안의 시간은 다가올 겨울에 대비하여 장작과 식량을 비축하는 데 투자해야만 했다. 나는 동굴 입구에 더 근사한 문을 달고 싶었다. 동굴 안에는 배수로도 터놓아야 했다. 겨울에 동굴 밖으로 나가 바지를 내리는 일은 무척이나 견디기 어렵고 또 위험한 일이었다. 침상에 큰대자로 누워 화덕의 연기가 동굴 지붕의 갈라진 틈으로 흘러가는 모습을 바라보고 있노라면 내 머릿속은 이런 생각들로 가득했다. 자미스는 동굴 뒤편에서 공깃돌 놀이를 하고 있었고, 나는 잠 속에 빠져들었다. 아이가 팔을 흔드는 바람에 나는 잠이 깼다.

"삼촌!"

"으음… 뭐니, 자미스?"

"삼촌, 여기 좀 봐요."

나는 왼쪽으로 몸을 돌려 자미스를 바라보았다. 자미스는 조그마한 오른손을 내 눈앞에 들어 올리고는 손가락들을 쫙 폈다.

"뭔데, 자미스?"

"봐요."

자미스는 자신의 세 손가락을 하나씩 차례로 가리켰다.

"하나, 둘, 셋."

"그래서?"

"계속 봐봐요."

자미스는 내 오른손을 움켜쥐고 손가락들을 폈다.

"하나, 둘, 셋, 넷, 다섯!"

나는 고개를 끄덕였다.

"그래, 너 이제 다섯까지 셀 수 있구나."

드랙은 얼굴을 찌푸리더니 조그만 주먹으로 답답하다는 손짓을 했다.

"봐요."

자미스는 내 손을 잡고 그 위에 자기 손을 올려놓았다. 다른 한 손으로 먼저 자기 손가락을 가리킨 다음 내 손가락을 짚었다.

"하나, 하나."

어린애의 노란 눈은 내가 이해하고 있는지 확인하려고 내 눈을 빤히 바라보고 있었다.

"그래."

어린애는 다시 손가락들을 번갈아 가리켰다.

"둘, 둘."

자미스는 또 나를 바라보다가 내 손을 가리켰다.

"셋, 셋."

그러고 나서 남은 내 손가락들을 움켜쥐었다.

"넷, 다섯!"

그다음 내 손을 내려놓더니 자신의 손 쪽을 가리켰다.

"넷? 다섯?"

나는 머리를 설레설레 흔들었다. 지구 나이로 치면 생후 4개월이 채 안 된 이 어린애 자미스가 드랙과 인간의 차이점 하나를 간파해 낸 것이다. 인간의 아이가 이를 알아차리고 질문을 하려면 대여섯 살은 되어야 할 것이었다. 나는 한숨을 쉬었다.

"자미스."

"예, 삼촌?"

"자미스, 넌 드랙이야. 드랙은 한 손에 손가락이 세 개야."

나는 내 오른손을 들어 손가락들을 흔들었다.

"난 인간이고 손가락이 다섯 개지."

단언하건대, 나는 그때 어린애의 눈에서 눈물이 솟는 것을 보았다. 자미스는 자기 손을 펴서 한동안 바라보더니 머리를 저었다.

"어른이 되면 네 번째, 다섯 번째 손가락이 생기나요?"

나는 앉아서 자미스의 눈을 똑바로 쳐다보았다. 아이는 자신의 다른 두 손가락이 어디로 가버린 건지 궁금해하고 있었다.

"자 봐, 자미스. 너랑 나는 달라… 다른 존재라구, 알겠니?"

자미스는 고개를 흔들었다.

"어른이 되면 네 번째, 다섯 번째 손가락이 생기냐구요."

"아니, 그렇게 되지 않을 거다. 너는 드랙이거든."

나는 내 가슴을 가리켰다.

"나는 인간이구."

정말 골치 아픈 대목이었다.

"너의 부모는, 네가 나온 곳은, 드랙이었어. 이해할 수 있겠니?"

자미스는 얼굴을 찌푸렸다.

"드랙? 드랙이 뭐죠?"

시도 때도 없이 주문처럼 되뇌는 '네가 어른이 되면 이해하게 될 거야'라는 말에 또다시 호소해야 한다는 위기감이 마음 한편을 무겁게 눌렀다. 나는 머리를 흔들고는 말했다.

"드랙은 손가락이 세 개야. 너희 부모님은 세 손가락을 가지고 있었단다."

나는 수염을 문질렀다.

"내 부모님은 인간이고 손가락이 다섯 개였거든. 그게 바로 내가 손가락이 다섯 개인 이유란다."

자미스는 모래 위에서 무릎을 굽힌 채 자신의 손가락을 유심히 바라보았다. 나를 올려다보고 또 자신의 손을 재차 보다가 나를 쳐다봤다.

"부모는 뭐예요?"

나는 아이를 지그시 바라보았다. 자미스는 자기 정체성에 어떤 위기를 겪고 있는 게 분명했다. 자미스가 태어나서 이제까지 본 사람은 유일하게 나뿐이었고 나는 손가락이 다섯 개였다.

"부모란 말이지… 뭐냐면…."

나는 다시 수염을 긁적였다.

"자, 봐… 우리는 모두 어딘가에서부터 오는 거란다. 나는 엄마와 아빠가 있어. 두 종류의 다른 인간이지. 그들이 내게 생명을 주었어. 그들이 나를 만들었단다, 알겠니?"

자미스는 '당신, 잘났어 정말' 하는 눈빛으로 나를 쳐다보았다. 나는 어깨를 으쓱했다.

"잘 설명할 자신이 없구나."

자미스는 자신을 가리키며 말했다.

"내 엄마? 내 아빠?"

나는 무릎에 손을 내려놓고 입술을 오므렸다가 수염을 긁적였다가 할 뿐이었다. 말을 못 꺼낸 채 이러지도 저러지도 못하는 동안 시간만 흘러갔다. 자미스는 그동안 눈도 한 번 깜빡이지 않고 나를 열심히 바라보고 있었다.

"봐라, 자미스. 너는 엄마 아빠가 없어. 나는 인간이고 그래서 둘 다 있지. 넌 드랙이기 때문에 한 명의 부모만 갖는단다. 단 한 명이야, 알겠니?"

자미스는 머리를 흔들더니 자신을 가리켰다.

"드랙."

"맞았어."

자미스는 나를 가리켰다.

"인간."

"그래, 이번에도 맞았다."

자미스는 거두어들인 손을 무릎 위에 두었다.

"드랙은 어디서 오나요?"

하느님 맙소사! 지구로 따지면 아직 기어 다니지도 못할 어린애한테 양성체의 생식에 대해서 설명을 해야 하나?

"자미스…."

나는 손을 들었다 다시 무릎 위에 내려놓았다.

"봐라, 나는 너보다 훨씬 크지?"

"예, 삼촌."

"좋아."

나는 손가락으로 머리카락을 훑으면서 시간을 벌었다. 적당한 말을 찾아내느라 속으로 분투하고 있었다.

"너희 부모님도 나처럼 컸어. 이름은… 제리바 쉬간이 야."

우습지만 그 이름을 입에 올리는 것만으로도 가슴이 저며 왔다.

"제리바 쉬간은 너처럼 생겼어. 손가락도 셋이고 배 속에서 너를 키웠어."

나는 자미스의 배를 찔렀다.

"알겠니?"

자미스는 키득키득 웃으며 자신의 손을 배 위에 얹었다.

"삼촌, 어떻게 드랙이 여기서 크지요?"

나는 다리를 침상 위에 올려놓고 쭉 뻗었다. 꼬마 드랙이 어디서 오느냐구? 나는 자미스를 내려다보고는 그 애가 내 말 한마디 한마디에 귀를 기울이고 있다는 사실을 깨달았다. 나는 얼굴을 찡그리고는 사실대로 말했다.

"빌어먹을, 내가 그걸 어떻게 알겠냐, 자미스. 내가 어떻게 알겠냐…."

30초 정도 지나자, 자미스는 뒤편에서 돌을 가지고 놀고 있었다.

13

여름이 시작되면서 나는 자미스에게 회색 뱀을 잡는 법, 껍질을 벗기는 법 그리고 불에 굽는 법을 가르쳤다. 아이는 진흙 웅덩이 근방 모래톱에 웅크리고 앉아서 노란 눈으로 뱀 구멍을 지켜보곤 했다. 어쩌다 한 마리쯤 머리를 내밀기를 기다리며. 바람이 불어도 자미스는 꼼짝도 하지 않았다. 그러면 작고 파란 눈의 평평한 삼각형 머리가 올라온다. 뱀은 먼저 웅덩이 주변을 확인한 후 머리를 돌려 모래톱을, 또한 하늘 위까지 확인했다. 구멍에서 조금씩 조금씩 기어 나오면서 이 모든 확인 과정을 반복했다. 가끔 뱀이 자미스를 정면으로 쳐다보는 일도 있었지만 자미스는 석상처럼 꼼짝도 하지 않았다. 아이는 뱀이 구멍으로 잽싸게 돌아가기에는 너무 멀리 나올 때까지 가만히 기다렸다. 그런 다음 자미스는 뱀의 몸뚱이를 손으로 움켜쥐고는 냅다 패대기를 쳤다. 뱀은 송곳니와 독을 가지고 있지는 않았지만 어떤 때는 필사적으로 저항해서 자미스를 진흙탕에 처박을 만큼 활달하게 움직였다.

뱀 껍질은 잘 펴서 나뭇가지에 둘러 말렸다. 동굴 입구 근방 바다와 면하지 않으면서 바람이 잘 통하는 공간의 나무들 위에 두면 가죽의 3분의 2 정도는 상하지 않고 제대로 건조가 되었다.

동굴 안에는 가죽 저장실과 훈제실이 있다. 암벽으로 둘러싸인 공간에 뱀 고기를 줄줄이 걸어두었다. 바닥 한쪽 움푹 들어간 곳에 생가지 장작으로 불을 피우고 돌과 흙으로 막아두었다.

"삼촌, 왜 연기를 먹은 고기는 상하지 않나요?"

나는 그것에 대해 곰곰이 생각했다.

"글쎄, 잘 모르겠는데. 아무튼 그렇게 하면 고기가 상하지 않는다고 알고 있지."

"어떻게 알죠?"

나는 어깨를 으쓱했다.

"글쎄, 어딘가에서 읽었을 거야."

"읽는다는 게 뭐예요?"

"읽는다는 건 독서라는 건데… 내가 앉아서 탈만을 읽는 것 같은 일이 독서야."

"그럼 탈만에는 고기가 썩지 않는 이유가 나와 있어요?"

"아니, 난 그걸 다른 어떤 책에서 읽은 듯하다는 거지."

"우린 다른 책들도 가지고 있나요?"

나는 고개를 저었다.

"이 행성에 오기 전에 읽었지."

"이 행성에는 왜 왔나요?"

"내가 얘기했지? 너의 부모와 내가 전투하는 중에 여기에 불시착했다고."

"드랙과 인간은 왜 싸운 거죠?"

"그건 상당히 복잡한데."

나는 잠깐 손을 흔들었다. 인간 입장에서 보면 드랙은 우리의 영역을 침입한 침략자였다. 물론 드랙 입장에서 보면 반대로 인간이 자신들의 영역을 침입한 침략자들이었지만. 아마딘에서 처음은 괜찮았다. 우리 둘 다 아마딘을 식민지로 삼았고 드랙 종족도 말하듯 수년간 평화롭게 지내왔다. 그런데 다 어긋나 버렸다. 진실은 뭘까?

"자미스, 행성 개척과 관련된 일이야. 인간과 드랙은 모두 새 행성을 탐험하고 개척해 온 전통이 있거든. 서로가 확장하고 있었지. 이해하겠니?"

자미스는 고개를 끄덕였다. 다행스럽게도 그 애는 곧 생각에 깊이 빠져들었다. 내가 자미스에 대해 곧 깨달은 바는, 미처 대답할 수 없는 질문들을 늘 던진다는 것이었다. 나는 고기를 보관하는 문제에 대한 나의 무지를 어물쩍 잘 넘기고 또한 전쟁에 대해 자미스를 이해시켰다는 생각에 흡족했다.

"삼촌?"

"응, 자미스?"

"행성이 뭐예요?"

*

쌀쌀하고 습기 찬 여름도 막바지에 이를 때쯤, 동굴 안은 땔감과 저장된 음식물로 가득했다. 일단 그 문제를 해결하고 나자, 나는 동굴 안 천연 물웅덩이들 곳곳에 배수로를 설치하는 데에 정성을 쏟았다. 목욕하는 데 문제는 없었다. 욕조로 삼은 물웅덩이 한 곳에 뜨겁게 달군 바위를 두면 물은 적당한 온도로 데워졌다. 목욕 후에는 대나무처럼 생긴 식물의 속이 빈 줄기를 이용해 더러워진 물을 빼냈다. 욕조 물은 다른 물웅덩이로부터 다시 받을 수 있었다. 문제는 물을 어디에 버리느냐는 것이었다. 동굴 안 몇몇 공간은 바닥에 구멍이 있었다. 그중 세 군데의 구멍으로 물이 흘러 들어가면 연결되어 있는 입구 부근은 흥건하게 젖었다. 지난겨울, 제리와 나는 그 구멍 중 하나를 화장실로 이용해 볼까 궁리했지만 결정을 내리지는 못했다. 생각해 보면 잘한 결정이었다.

자미스와 나는 네 번째 구멍에 한바탕 공사를 벌여 하수가 동굴 밖 절벽으로 흘러가도록 했다. 완벽하지는 않았지만, 그래도 몰아치는 얼음 폭풍과 눈보라 속에서 볼일을 보는 것보다 훨씬 나았다. 우리는 그 구멍을 욕조와 화장실의 배수구로 사용했다. 마침내 자미스와 내가 최초로 뜨끈한 목욕을 즐기게 된 날이 왔다. 나는 뱀 껍질 옷을 벗고 발가락으로 수온을 점검한 뒤 물에 들어갔다.

"이야, 좋네!"

자미스를 보니 아이는 여전히 옷을 반쯤만 벗은 상태였다.

"어서 들어와라, 자미스. 온도가 적당하네."

자미스는 입을 벌린 채 나를 빤히 쳐다보고 있었다.

"왜 그러니?"

그 애는 눈을 크게 뜬 채 손가락이 셋인 손으로 내 아랫도리를 가리켰다.

"삼촌, 그게 뭐예요?"

나는 내 아랫도리를 내려다보았다.

"오."

나는 고개를 젓고는 아이를 쳐다보았다.

"자미스, 전에 내가 다 설명했었는데, 기억하지? 나는 인간이란다."

"그렇지만 그건 어디에 쓰는 거지요?"

나는 서둘러 따뜻한 물 속으로 주저앉아 아이가 관심 갖는 것이 보이지 않도록 했다.

"이건 몸에서 쓰고 남은 물을 빼내기 위한 거야. 다른 용도도 있지만. 자, 어서 들어와서 씻어라."

자미스는 뱀 껍질 옷을 벗었고, 표면이 매끈한 자신의 양성체 기관을 내려다보다가 욕조로 들어왔다. 아이는 목까지 물속에 담그고는 노란 눈으로 탐색하듯 나를 바라보았다.

"삼촌?"

"응?"

"다른 용도란 어떤 건가요?"

글쎄, 난 자미스에게 대충 뭐라고 말해주긴 했다. 그 아이는 평소 내 말을 곧이 받아들이던 때와는 달리 생전 처음으로 대답이 진실인지 아닌지 긴가민가하는 듯 보였다. 솔직히 말해서 자미스는 그때 내가 거짓말을 했다고 생각했을 것이다. 실제로 거짓말을 했으니까.

　겨울은 부드러운 바람에 실려 온 눈송이가 흩날리면서 시작되었다. 나는 자미스를 동굴 위 관목 숲으로 데리고 갔다. 제리의 돌무더기 무덤 앞에 설 때 아이의 손을 꼭 잡았다. 자미스는 바람을 막으려고 뱀 껍질 옷을 여미면서 무덤에 꾸벅 절을 하고는, 고개를 돌려 내 얼굴을 올려다보았다.

　"삼촌, 여기가 제 부모님의 무덤인가요?"

　나는 고개를 끄덕였다.

　"그래."

　자미스는 다시 무덤을 바라보고는, 고개를 흔들었다.

　"삼촌, 저는 어떻게 느껴야 하는 건가요?"

　"응? 무슨 말이니, 자미스?"

　아이는 무덤을 바라보며 고개를 끄덕였다.

　"이곳에 오니 삼촌이 슬퍼하는 것을 알겠어요. 저도 그런 기분이 되어야 하지 않나요?"

　나는 얼굴을 찌푸리며 고개를 저었다.

　"아니, 그렇지 않다. 나는 네가 슬퍼하기를 바라지는 않

아. 그냥 무덤이 어디에 있는지만 알고 있으면 돼.”

“그럼 이제 가도 될까요?”

“물론이지. 동굴로 돌아가는 길은 확실히 알고 있지?”

“예. 비누가 타버리지는 않았는지 얼른 가서 확인해야 할 것 같아요.”

나는 아이가 잎이 다 떨어진 나무들 사이로 서둘러 사라지는 모습을 바라본 뒤, 다시 무덤으로 시선을 돌렸다.

“이봐, 제리. 네 아이 어때? 자미스는 조개껍질 접시에 묻은 뱀 기름때도 깨끗이 닦아 내. 나무 태운 재로. 그 접시에 물을 부어 끓여서 눌어붙은 찌끼까지도 말끔히. 제리, 우린 비누도 만들고 있어. 그 아이가 처음 만든 비누를 쓰다가 우린 피부가 거의 벗겨질 뻔했지만, 갈수록 배합이 나아지고 있어.”

나는 구름을 올려다보다가 시선을 바다로 옮겼다. 저 멀리에서 낮고 어두운 구름이 잔뜩 모여들고 있었다.

“저거 보이지? 저게 무얼 뜻하는지 알 거야. 첫 얼음 폭풍이지.”

내일 이맘때쯤이면 모든 곳에 5센티미터 정도 얼음이 덮일 것이다. 바람이 거세졌다. 나는 돌 더미에서 빠져나온 돌들을 끼워 넣으려고 무덤 옆에 쪼그려 앉았다.

“자미스는 정말 좋은 아이야. 나는 그 애를 미워하고 싶

었어. 네가 죽은 뒤에. 정말 그러고 싶었지. 하지만 자미스는
정말 미워할 수 없는 아이지."

나는 돌을 다시 채워 넣으며 바다를 돌아보았다.

"어떻게 해야 이 황무지 행성에서 벗어날 수 있을지 모르
겠다, 제리."

나는 시야의 한구석에서 얼핏 섬광 같은 움직임을 느꼈
다. 급히 오른쪽으로 시선을 돌려서 나무 꼭대기를 올려다보
았다. 잿빛 하늘을 배경으로 아득히 먼 곳에서 검은 반점 하
나가 번개처럼 멀어지고 있었다. 나는 그것이 구름 속으로 사
라질 때까지 눈으로 좇았다. 우주선의 배기음을 기대하면서
귀를 쫑긋 기울였다. 심장이 마구 뛰고 있었지만, 들리는 건
바람 소리뿐이었다. 우주선이었을까? 나는 일어나서 그 섬
광이 사라진 쪽으로 몇 발자국 내딛다가 그만두었다. 고개를
돌려보니 제리의 무덤 위에 놓인 돌들은 벌써 얇은 눈의 막을
뒤집어쓰고 있었다.

나는 어깨를 한 번 으쓱하며 동굴을 향해 걷기 시작했다.

"아마도… 새겠지."

*

자미스는 뼈바늘로 뱀 껍질 조각을 꿰매면서 침상 위에

앉아 있었다. 나는 침대 위로 올라가 사지를 쭉 펴고 누웠다. 연기가 천장의 틈 사이로 소용돌이치며 빠져나가는 게 보였다. 그건 새였을까? 아니면 우주선이었을까? 빌어먹을, 내게 미련으로 맴돌았다. 이 행성에서 탈출하려는 생각은 지난여름 내내 묻혀 있었다. 그런데 이제 다시 고개를 들어 나를 고통스럽게 하는 것이다. 햇빛을 받으며 걷고, 멋진 옷을 입고, 중앙난방으로 겨울을 나고, 일급 레스토랑에서 요리를 먹고, 다시 사람들 속에 있는 것.

나는 오른편으로 돌아누워 벽을 응시했다. 사람들. 인간 사람들. 나는 눈을 감고 숨을 삼켰다. 여자 사람들. 아름다운 여자들. 이미지가 눈앞으로 밀려왔다. 얼굴, 몸, 웃고 있는 연인들, 비행 훈련을 한 후의 댄스파티… 그녀 이름이 뭐였더라? 돌로라? 도라?

비행 중대에 카미아 잭맨이라는 조종사가 있었다. 좀 차갑지만 아름다웠던. 멀리서 그녀를 흠모하다가 마침내 데이트를 했다. 맛집에서 저녁 식사를 하고 수경 식물 정원을 걷고 비디오 한 편을 보고. 그리고 낯선 밤 인사. 키스를 한 후, 그녀는 내 팔짱을 끼고 얼굴을 찌푸리며 이상한 말을 했다.

"너 지금 정신이 어디 딴 데 가 있는 거 같네, 윌."

그녀는 숙소로 들어가 버렸다. 나는 줄곧 생각했다. 다시 시도해 볼 기회가 있을 거라고. 아마도 그때가 온다면 정신을 딴 데 팔지 않을 텐데.

나는 머리를 흔들고는 자리에서 일어나 앉아 모닥불을 마주 보았다. 왜 나는 집중하지 못했을까? 마음 한구석에 묻어둔 채 잊어버릴 수 있었던 것들이 다시 들끓어 올랐다.

"삼촌?"

나는 자미스를 쳐다보았다. 노란색 피부, 노란색 눈, 코가 없는 두꺼비 같은 얼굴. 나는 머리를 흔들었다.

"왜?"

"어디 아프세요?"

어디 아프냐구, 하.

"아니, 낮에 이상한 걸 보았거든. 근데 별건 아닐 거야."

나는 모닥불로 다가가 철판 위 바짝 마른 뱀 고기 한 조각을 집어 들었다. 후후 불고 나서 그 힘줄투성이 고기 조각을 뜯어 먹기 시작했다.

"그게 뭐였는데요?"

"잘 모르겠다. 움직이는 모양을 보니 우주선 같기도 했는데, 금방 사라져서 정확히 알 수는 없었어. 멀리 가버렸지. 아마 새였을 거야."

"새라구요?"

나는 자미스를 유심히 바라보았다. 이 애는 새를 본 적이 없다. 나 역시 파이린 4호 행성에서는 날짐승을 본 적 없었다.

"그건 날아다니는 동물이야."

자미스는 고개를 끄덕였다.

"삼촌, 전에 우리가 숲에서 땔감을 주워 모았잖아요. 그때 날아다니는 것을 본 적이 있어요."

"뭐라구? 왜 말하지 않았니?"

"그러려고 했었지만 잊어버렸어요."

"잊어버렸다구!"

나는 얼굴을 찡그렸다.

"어느 방향으로 날아갔니?"

자미스는 동굴 뒤쪽을 가리켰다.

"저쪽으로요. 바다 반대쪽으로요."

자미스는 바느질하던 것을 내려놓았다.

"어디로 갔는지 보러 가도 돼요?"

그쪽은 내가 본 새가 날아간 곳과 같은 방향이었다. 나는 고개를 저었다.

"지금은 갈 수 없어. 이제 겨울이 시작될 거다. 그게 어떤 건지 넌 잘 몰라. 밖에 나가면 며칠도 못 가 얼어 죽어."

자미스는 다시 뱀 껍질에 구멍을 내기 시작했다. 겨울은 우리를 죽게 할 수도 있다. 그러나 봄이라면 이야기가 달라진다. 씨앗 꼬투리를 채워 두 겹으로 만든 뱀 껍질 옷과 천막만 있으면 살아남을 것이다. 천막이 꼭 필요했다. 자미스와

125

함께 천막를 만들며 겨울을 보내면 되었다. 그리고 튼튼한 장화도 마찬가지. 이런저런 일들을 꼼꼼히 생각해 두어야 한다.

희망의 불꽃이 점화되어 절망이 사라질 때까지 퍼져나가는 느낌. 낯선 경험이었다. 우주선이었을까? 모르겠다. 우주선이라면 이륙하는 중이었을까, 아니면 착륙하는 중이었을까? 역시 모르겠다. 만약 이륙 중이었다면, 우리가 가려던 방향과는 반대쪽인 셈이다. 그 말은 바다를 건너야 한다는 뜻이다. 어쨌든. 봄이 오면 관목 숲 너머로 가서 무엇이 있는지 볼 수 있을 것이다.

15

겨울은 빨리 지나가는 듯했다. 자미스는 천막 만드는 일을 담당했고, 나는 장화 만드는 기술을 독학하는 데 시간을 썼다. 양발을 뱀 껍질로 본뜨는 게 첫 순서였다. 몇 가지 실험 결과, 머루 열매와 함께 끓이면 뱀 껍질이 부드러워지고 끈끈해진다는 사실을 발견했다. 그 가죽의 젤리층을 떼어 내어 단단히 눌러준 후 건조시키면 튼튼하고 탄력 있는 밑창이 되었다. 자미스의 장화는 완성했지만, 곧바로 새 장화가 필요한 듯싶었다.

"너무 작은데요, 삼촌."

"무슨 소리야, 너무 작다니?"

자미스는 자기 발을 가리켰다.

"발이 아파요. 발가락이 다 구부러질 것 같아요."

나는 쭈그리고 앉아서 아이의 신발을 만져보았다.

"이해할 수가 없구나, 애야. 본을 뜨고 나서 스무날 정도밖에 안 지났는데. 혹시 그때 발을 움직였니?"

자미스는 고개를 저었다.

"아니에요."

나는 얼굴을 찡그리며 일어섰다.

"일어서 봐라, 자미스."

나는 그 애 옆으로 갔다. 자미스의 머리 꼭대기가 내 가슴께에 이르고 있었다. 60센티미터만 더 자라면 제리와 키가 같아질 것이다.

"신발을 벗어라, 자미스. 더 큰 걸 만들어야겠다. 몸이 너무 빨리 자라지 않도록 노력해 보렴."

*

자미스는 동굴 안에 천막을 세웠다. 달아오른 석탄 덩이를 안에 두어 따뜻해진 천막의 가죽에 기름을 발라 방수 처리를 했다. 제리의 아이는 계속 키가 자라고 있었다. 그래서 신발은 나중에 만들기로 했다. 열흘마다 아이의 발 크기를 재어서 커가는 속도를 추정한 뒤, 다음 봄쯤에는 어느 정도 될지 어림해 보기로 했다. 그런 식으로 예측해 보니, 눈이 녹을 때쯤이면 자미스의 발은 아마 한 쌍의 항공모함 정도 되려나. 봄이 오면 아이는 완전히 다 자랄 것이다. 제리의 전투화는 물론 자미스가 태어나기 오래전에 다 해졌지만 나는 그 조각들을 잘 보관해 두고 있었다. 나는 그 밑창을 이용해 자

미스의 신발을 만들기로 했다. 잘 맞기를 유전학에 기대는
마음으로.

*

나는 밤마다 탈만을 읽었다. 나와 몇몇 이들에게 메시지
를 전한 말타크 디의 지혜에 빠져서.

"탈만은 모든 진리를 포함하지는 않으며, 그럴 수도 없
다. 지금 세대와 모든 미래 세대한테는 더 새롭고 훌륭한 진
리가 존재할 것이다. 우리는 탈만이 이 진리들에 열려 있도록
노력해야 한다. 그러지 않으면 탈만은 과거의 신화가 될 따
름이다. 지금 세대와 모든 미래 세대여, 그때 너희가 진리를
지닌다면 유헤가 마베다 앞에서 그랬듯 탈만 코바흐 앞에 서
서 말하시오."

"삼촌?"

자미스가 방해했다.

"응?"

"존재는 먼저 주어진 것인가요?"

나는 어깨를 으쓱했다.

"그건 쉬주마아트가 한 말이지. 나도 받아들이지만."

"그렇지만 삼촌, 그 존재가 진짜라는 걸 알 수 있어요?"

나는 하던 일을 놓고 잠시 자미스를 쳐다보다가 고개를 설레설레 저었다. 다시 장화 꿰매는 일로 돌아갔다.

"나를 믿어라."

드랙은 얼굴을 찡그렸다.

"그렇지만 삼촌, 그건 지식이 아니잖아요. 그건 믿음일 뿐이에요."

나는 연방 대학 2학년 때의 기억을 되살리면서 한숨을 쉬었다. 술과 마약, 어설픈 철학 같은 것을 시험해 본답시고 허송세월했던 한 무리의 청년들. 지구 나이로 이제 한 살에서 조금 더 지난 자미스가 지적 허영꾼의 시기로 접어들고 있는 것이다.

"그래서, 믿음에 뭐 잘못된 거라도 있니?"

자미스가 비웃고 있는 듯했다.

"에이, 삼촌. 믿음이라뇨?"

"믿음은 이슬비 젖듯이 번뇌하는 사람들에게 도움이 되기도 하지."

"번뇌요?"

"'속세의 번뇌.' 셰익스피어가 그랬지, 아마."

자미스는 얼굴을 찡그렸다.

"그것은 탈만에 없는데요."

"그것이 아니라 그 사람이야. 셰익스피어는 인간이었어."

자미스는 일어서서 모닥불 쪽으로 다가가 내 건너편에 앉았다.

"그 인간도 미스타안이나 쉬주마아트처럼 철학자였나요?"

"아니, 그는 희곡을 썼어. 연극을 위한 이야기."

자미스는 턱을 문질렀다.

"셰익스피어는 어떤 말을 했나요?"

나는 손가락을 들어 올렸다.

"죽느냐, 사느냐. 그것이 문제로다!"

아이의 입이 떡 벌어졌다. 자미스는 고개를 끄덕이며 외쳤다.

"그렇지, 맞아요! 죽느냐, 사느냐. 그것이 문제다!"

자미스는 손을 뻗쳤다.

"동굴 밖에 바람이 부는지 우리는 직접 볼 수 없는데 어떻게 알 수 있을까요? 우리가 그곳에 없고 느낄 수 없는데도 바다는 여전히 요동치고 있을까요?"

나는 고개를 끄덕였다.

"그럼."

"그렇지만 삼촌, 우리가 어떻게 알지요?"

나는 실눈을 뜨고 자미스를 바라보았다.

"자미스, 나도 한 가지 질문이 있다. 이 문장은 참이냐 거짓이냐? '지금 내가 하는 말은 거짓말이다.'"

자미스는 눈을 깜박거렸다.

"그게 거짓이면 문장은 참이 되고, 하지만 참이면… 문장은 거짓이 되고, 하지만…."

자미스는 눈을 깜박거리다가 돌아서서 다시 천막에 기름을 바르러 갔다.

"생각 좀 해봐야겠어요, 삼촌."

"그래야 할 거다, 자미스."

아이는 대략 10분 정도 골똘히 숙고하더니 돌아왔다.

"그 문장은 거짓이에요."

나는 미소 지었다.

"그렇지만 그게 그 문장이 말하고 있는 거잖니. 그러니까 그 문장은 참이지. 하지만…."

나는 그 수수께끼가 점점 애매해지도록 내버려 두었다. 오, 잘난 척이여, 현자들조차 꾐에 빠지는.

"아니에요, 삼촌. 그 문장은 드러난 내용만으로는 무의미해요."

나는 어깨를 으쓱했다.

"아시다시피, 삼촌. 그 문장은 다른 참조 없이도 스스로에 대해 논평할 수 있는 진릿값의 존재를 가정하잖아요. 이는 탈만에 있는 루르반나의 논리로 명확히 설명된다고 보는데요. 만약 무의미를 오류와 동일시한다면….."

나는 한숨을 쉬었다.

"그래, 그러냐."

"보다시피, 삼촌. 삼촌의 문장은 의미를 갖는 문맥을 형성해야만 해요."

나는 몸을 앞으로 수그리고 얼굴을 찡그린 채 턱수염을 긁적였다.

"알겠다. 내가 공자 앞에서 문자를 썼다 이거지?"

자미스는 이상하다는 듯이 나를 바라보았고, 내가 바보처럼 키득거리며 침상으로 쓰러졌을 때는 더욱더 그러했다.

*

깊은 겨울, 구름 사이로 쏟아지는 햇살을 보았다. 관목 숲속 제리의 무덤가에 선 채 바다에 닿는 햇빛을 바라보며 그 아름다움에 압도당했다. 자미스가 봤으면 싶어서 아이를 부르려 동굴을 향해 몇 발짝 내딛기도 전에, 눈보라가 몰아쳐 세상은 끝없는 회색빛으로 되돌아갔다. 나는 제리의 무덤 옆 얼음 위에 앉았다.

"자미스가 이걸 못 본 게 다행일지도 모르겠네, 제리. 봤다면 우리는 봉화를 올리려 장작을 죄다 밖으로 끌고 나가야 했을 테니까."

나는 잠시 생각에 빠졌다.

"아닐지도 모르지. 그 애는 우리와는 달리 이곳을 싫어하지 않는 듯 보여. 자미스가 암석을 탐구하고 수집하는 모습을 보면 지질학자 같아. 식물과 곤충도 채집하지. 자미스가 지난여름 끝자락에 잡아 온 벌레에 대해 얘기했던가? 죽어 있었지만, 알주머니에서 새끼 애벌레들이 쏟아져 나왔는데 얼마나 아프게 물어대던지. 죄다 끓이고 짓뭉개고, 젠장, 그것들을 깨끗이 없애려고 동굴 안을 전부 삽으로 파 뒤집었지."

나는 그 기억을 떠올리며 웃었다. 제리도 같이 웃으리라 상상하면서. 신이여, 제리가 자미스를 보기를 소원합니다. 자미스가 자기 부모를 만나볼 수 있기를. 그때 탈만의 코다 히베다에 있는 토찰라의 말씀이 떠올랐다. 토찰라는 500년 전 파괴된 탈만 코바흐를 재건하기 위해 뿔뿔이 흩어진 신자들을 결집한 사람이었다. 토찰라가 겪었던 어려움에 비하면 내가 자미스 앞에서 제리 얘기를 어떻게 해줘야 하는지에 대해 느끼는 난감함쯤은 사소한 일일 것이다. 토찰라는 500년 전 짓밟히며 금지된 교훈과 규율을 세상에 되살려 내려 했다. 혼돈의 500년 세월 동안 간신히 살아남은 기억의 조각들은 세대를 거듭해 갈수록 온갖 상상과 조작에 덧씌워져 버렸다. 우린 모두 다 받아들일 것이다. 토찰라는 이렇게 썼다. 우린 모든 것을 집대성할 것이다. 우리는 라다가 아아크바의 율법의 여러 버전에 대해 그리했듯, 모든 것에 대해 검토하고 시험하고 토론하며 도전할 것이다. 만일 우리가 정직하게 진실만을 위해 봉사한다면 마지막에는 그 진실만이 남을 것이다.

그 진실.

내가 지닌 건 약간의 기억과 여러 감정뿐이다. 그것을 숨기지 않고 자미스에게 기탄없이 전해준다면 그의 부모와 가계에 대한 진실이 드러나리라.

고개를 들어보니 열린 구름 틈 사이로 또 다른 햇빛 한 줄기가 바다를 비추고 있었다. 자미스를 부르려고 길 언덕 끝까지 달려 올라갔다. 그런데 저 멀리 아래 절벽 끝에 서서 햇빛 속 바다를 바라보고 있는 그 아이가 보였다. 팔을 쭉 벌리고 있었다. 열려 있던 구름이 닫히자 자미스는 팔을 내리고 동굴 속으로 갔다.

16

"삼촌, 왜 제리바 가계는 이름이 다섯 개뿐이지요? 인간
은 이름이 많다고 그러셨잖아요."

나는 바느질을 멈추고 고개를 끄덕였다.

"제리바 가계의 다섯 이름은, 그 이름을 지닌 이들이 반드
시 행적을 추가해야 해. 이름이 아니라 행적이 중요한 거지."

"쉬간이 나의 부모이듯, 고티그는 쉬간의 부모이구요."

"그렇지. 가계를 암송하면서 알 수 있잖니."

자미스는 얼굴을 찡그렸다.

"그러면 내가 부모가 되면 아이의 이름을 타이라고 지어
야만 하는군요?"

"그래. 그리고 타이는 자기 아이의 이름을 하에스니라고
지어야만 하구. 뭐가 잘못되었니?"

"나는 내 아이의 이름을 데이비지라고 짓고 싶어요. 삼촌
이름을 따서요."

나는 미소를 지으며 고개를 저었다.

"타이는 위대한 은행가, 상인, 발명가들이 지녔던 이름이

지. 너도 암송하고 있잖니. 데이비지는 그렇게 많은 사람들이 빛냈던 이름이 아니란다. 타이가 타이가 되지 못해서 놓칠 것들에 대해 생각해 보렴."

자미스는 잠시 생각하더니 고개를 끄덕였다.

"삼촌, 고티그 할아버지가 아직도 살아 있다고 생각하세요?"

"내가 알기로는."

"고티그 할아버지는 어떤 분인가요?"

나는 제리가 그의 부모인 고티그에 대해 한 이야기들을 되새겨 보았다.

"그는 음악가이고 매우 강했대. 제리, 그러니까 네 부모 쉬간이 말하길, 고티그 할아버지는 손가락으로 단단한 금속 막대기를 구부릴 수도 있다고 했어. 또한 매우 위엄 있는 일류 음악가이시고. 지금 고티그 할아버지는 몹시 슬퍼하고 있을 거야. 분명히 제리바 가계의 대가 끊겼다고 생각하고 있겠지."

자미스는 얼굴을 찡그렸다. 아이의 노란 이마에 주름이 잡혔다.

"삼촌, 드래코에 알려줘야 해요. 고티그 할아버지에게 가계가 이어지고 있다고 말해줘야만 한다구요."

"그렇게 될 거다."

"어떻게 알아요?"

"내가 너의 부모에게 약속했기 때문이지, 자미스. 너를 가르치고 가계를 외우게 하고 제리바의 가계 기록 보관소 앞에 서서 네가 성인이 되는 걸 지켜보기로 했거든."

"그 약속을 어떻게 지킬 거예요, 삼촌?"

"글쎄다. 탈만이 말하길, 내가 할 수 있는 한 최선을 다하고 나머지는 우주의 흐름에 맡겨두면 된다고 하는구나."

"하지만 어떻게요, 삼촌?"

나는 바느질감을 무릎에 내려놓고 자미스를 바라보았다.

"봄이 오면 그 새들이 어디로 갔는지 보러 가야지. 그게 한 가지 방법이야."

나는 어깨를 으쓱하고는 다시 바느질감을 잡아 들었다.

"뭐, 아닐지도 모르지. 어떻게 될지는 알 수 없으니."

"다시 믿음인가요, 삼촌?"

"현실이지, 자미스. 냉혹하고 가차 없는 현실. 지금 우리 상황이야."

*

봄. 겨울의 얼음이 점점 얇아지기 시작했다. 우리는 장화와 천막 그리고 짐들을 챙겼다. 새로 만든 방한복은 마무리

작업 중이었다. 일전에 제리가 내게 배움을 얻으라고 탈만을 건넸듯 이제 그 금빛 정육면체는 자미스의 목에 걸려 있다. 아이는 조그만 금빛 책을 꺼내서 몇 시간씩 공부하고는 했다.

"삼촌?"

"왜?"

"왜 드랙과 인간은 다른 언어를 사용하는 거죠?"

나는 너털웃음을 지었다.

"자미스, 인간들은 자기들끼리도 여러 종류의 서로 다른 언어를 사용한단다. 영어는 그중 하나일 뿐이야."

"그럼 인간들은 어떻게 자기들끼리 이야기할 수 있어요?"

나는 어깨를 으쓱했다.

"그럴 때는 두 언어를 다 구사하는 통역사를 고용하지."

"삼촌이나 나나 영어와 드랙어, 둘 다 말할 수 있잖아요. 그럼 우린 통역사가 될 수 있겠네요?"

"서로 대화하려는 인간과 드랙이 있다면 아마 그럴 수 있겠지. 그래도 잊지 마라, 전쟁은 계속되고 있어."

"서로 대화하지 않는다면, 어떻게 전쟁을 멈출 수 있겠어요?"

"좋은 질문이다. 아마 탄약이 바닥나거나 서로 죽일 상대마저 다 사라져 가면 결국 대화하겠지."

자미스는 미소 지었다.

"통역사가 되어서 전쟁이 끝나게 돕고 싶다는 생각이 들어요."

자미스는 바느질감을 옆으로 치우고 새 침상 위에서 기지개를 켰다. 예전 침상은 베개로 쓰고 있었다. 그것보다 훌쩍 더 커버렸기에.

"삼촌, 숲 너머에서는 누군가 만날 수 있을까요?"

"그러기를 바라지. 안 그러면 여행은 헛일이 될 거야."

"누군가 만나면, 저하고 함께 드래코로 가시겠어요?"

"그러겠다고 너의 부모에게 약속했지."

"제가 암송을 한 다음에는 어떻게 하실 거예요?"

나는 불꽃을 바라보았다. 스스로에게 한 번도 해본 적 없는 질문이 연기처럼 떠올랐다.

"모르겠다."

나는 어깨를 으쓱했다.

"전쟁 때문에 드래코로 가는 데는 오래 걸릴 수도 있지."

"그다음에는 뭘 하실 거냐구요."

"아마도 군대에 있겠지."

자미스는 몸을 일으켜 팔꿈치를 괴었다.

"다시 전투기 조종사로 돌아간다구요?"

"그래. 내가 할 줄 아는 일이라곤 그것뿐이니까."

"그리고 드랙을 죽일 거구요?"

나는 바느질감을 내려놓고 눈앞의 드랙을 유심히 쳐다보았다. 제리와 내가 서로를 죽이려는 짓을 그만둔 뒤로 많은 게 바뀌었다. 생각보다 더. 나는 고개를 저었다.

"아니다. 아마 나는 전투기 조종사가 되지는 않을 거다. 화물 우주선에서 일하게 될지도 모르지."

나는 어깨를 으쓱했다.

"하긴 군대에서 내게 선택할 기회를 줄지 알 수 없지만."

자미스는 침상에서 일어나 앉아 잠시 동안 그대로 있었다. 그러고는 내 침상으로 와 내 앞에서 무릎을 굽혔다.

"삼촌, 저는 삼촌과 헤어지고 싶지 않아요."

"어리석은 소리 마. 너는 네 종족과 함께 살게 될 거야. 네 조부모인 고티그, 쉬간의 형제들 그리고 사촌인 그들의 아이들. 너는 나에 대해서는 곧 잊게 될 거다."

"삼촌은 저를 잊어버리실 건가요?"

나는 아이의 노란 눈 속을 들여다보다가, 손을 뻗어서 자미스의 뺨을 어루만졌다. 감정들이 치밀어 올랐고 눈물이 핑 돌았다.

"아니, 잊지 않을 거야. 하지만 이걸 명심해라, 자미스. 너는 드랙이고, 나는 인간이야. 그리고 이 우주의 일부는 그리 나뉘어 있어."

자미스는 내 손을 뺨에서 떼어 손가락을 하나하나 벌리
고 살펴보았다.

"삼촌, 어떤 일이 생겨도 나는 결코 삼촌을 잊지 않을 거
예요."

17

얼음이 완전히 사라졌다. 자미스와 나는 배낭을 멘 채 제리의 무덤가 앞에서 부슬비를 맞으며 서 있었다. 자미스는 나만큼 키가 자랐다. 제리보다도 약간 더 큰 키였는데, 다행히도 장화는 그 애 발에 맞았다. 자미스는 어깨에 배낭을 추스른 후 멀리 바다를 바라보았다. 나도 자미스의 시선을 좇아 바위에 부서져 하얗게 피어오르는 파도를 바라보았다.

"무슨 생각을 하고 있니?"

자미스는 아래를 봤다가 내 쪽으로 고개를 돌렸다.

"삼촌, 전에는 이런 생각 안 해봤지만… 이곳이 그리워질 거예요."

나는 웃음이 터져 나왔다.

"말도 안 돼! 이곳이?"

나는 자미스의 어깨를 툭툭 쳤다.

"어째서 그런 말을 하니?"

자미스는 다시 바다를 바라보았다.

"나는 이곳에서 많은 걸 배웠어요. 삼촌이 많은 걸 가르쳐 주셨죠. 내 삶은 이곳에서 시작되었어요."

"단지 시작이었을 뿐이다, 자미스. 네 앞에는 훨씬 더 많은 삶이 놓여 있어."

나는 무덤 쪽으로 고갯짓을 했다.

"작별 인사를 해라."

자미스는 무덤을 향해 돌아서 서 있다가 한쪽 무릎을 굽히며 앉았다. 그러더니 돌을 치우기 시작했다. 얼마 후 돌 틈으로 뼈가 드러났다. 손가락이 세 개인 손의 뼈가. 자미스는 고개를 주억거리더니 울음을 터뜨렸다.

"미안해요, 삼촌. 하지만 해야만 했어요. 지금까지 제게는 그냥 돌무더기일 뿐이었지만 이제는… 알았어요."

자미스는 도로 돌을 쌓고는 일어섰다.

나는 숲 쪽으로 고갯짓을 했다.

"먼저 출발해라. 조금 이따 따라갈게."

"예, 삼촌."

자미스는 벌거벗은 나무들을 향해 발걸음을 옮겼다. 나는 무덤을 내려다보았다.

"자미스를 어떻게 생각하나, 제리? 그 앤 너보다 키가 커. 아주 영리하고 말주변도 좋아."

나는 무덤 옆에 쪼그리고 앉아 작은 돌 하나를 주워서는 돌무더기에 올려놓았다.

"보아하니 우리 운명은 빤하겠어. 용케 드래코에 도착하거나, 아니면 중간에 죽거나."

나는 일어서서 바다를 보았다.

"음, 이곳에서 몇 가지는 배운 것도 같아. 나도 여길 그리워하게 될 거야."

나는 짐을 챙겼다.

"에흐데바 산, 제리바 쉬간. 잘 있어, 제리."

나는 돌아서서 자미스를 쫓아 숲 쪽으로 발걸음을 내디뎠다.

*

그 뒤의 날들은 자미스한테는 경이로움의 연속이었다. 하늘은 한결같은 잿빛이고 새로 발견한 동식물도 내게는 크게 새로운 종류는 아니었지만. 우리는 관목 숲을 통과했고, 그 뒤로 이어진 완만한 비탈길을 하루 종일 올랐다. 그 너머엔 끝이 보이지 않는 광활한 평원이 펼쳐져 있었다. 평원에는 장화를 불그스레 물들이는 심홍색 잡초가 발목까지 웃자랐다. 밤에는 너무 추워 걷기 어려웠기에 우리는 천막 안에서 몸을 웅크렸다. 기름칠이 잘된 천막과 방한복은 제구실을 톡톡히 해서 거의 매일같이 내리는 빗줄기와 추위를 잘 막아주었다.

시간이 지나자 동굴 위처럼 관목이 무성한 장소가 나타났다. 우리는 그곳에서 야영하며 바람을 피했다.

밤에는 잠잤다. 낮에는 걷고 이야기하고 노래 불렀다. 나는 자미스에게 내가 아는 선정적인 군가 대신 다른 것들을 가르쳐 주었다. 그 노래들은 생각에 잠기게 했다. 이를테면 '기찻길 옆 오막살이' 같은. 그 노래가 드랙에게는 특별히 의미심장하거나 이해할 만하지는 않을 것이다. 자미스의 고향 행성에는 철도라는 게 없을 테니까. 참, '멀고 먼 앨라배마 나의 고향은 그곳, 밴조를 메고 나는 너를 찾아왔노라'도.

자미스의 질문에 답을 해주려고 한 관목 숲에 멈춰 섰다. 그리고 천막을 치고는 밴조를 만들기 시작했다. 속이 빈 통나무 끝을 잘라 내 그 위에 뱀 껍질을 펴 붙여서 넥을 제작하고, 말린 뱀 내장을 꼬아서 현을 만들었더니, 우쿨렐레가 물속에서 내는 듯한 소리의 물건이 탄생했다. 나는 우쿨렐레 조율하는 법을 기억하고 있었지만 음을 짚으며 겨우 코드 연주를 하는 정도였다. 다시 걸으며 자미스는 이 엉성한 악기를 집어 들고 소리를 내기 시작했다. 곧 우리는 노래할 곡을 연주했고, 나는 마음이 울컥해져서 자미스에게 선정적이지 않은 노래 두어 곡을 더 가르쳐 주었다.

재미있었다. 함께했던 그 어느 누구와보다도 더 재미있었다. 우리가 우주선이나 다른 뭔가를 발견하지 못한다면, 나

는 남은 인생을 자미스와 걷고 노래하고 수평선을 바라보며
지내고 싶었다.

*

어느 하루, 걷기 시작한 지 얼마 안 되었는데, 우리는 그
것을 보게 되었다. 우주선. 그것은 머리 위에서 날카로운 소
리를 내며 나타났다가, 우리 중 누구도 뭐라 입을 열기도 전
에 지평선 너머로 사라져 버렸다. 이제 나는 예전에 보았던
그 우주선이 착륙하는 중이었다는 사실을 확신할 수 있었다.

"삼촌, 우리를 봤을까요?"

나는 고개를 저었다.

"아니, 아닐 거야. 하지만 착륙 중이었어. 분명히 앞쪽 어
딘가로 착륙하는 중이었어. 자, 출발하자!"

"삼촌?"

"응?"

"드랙의 우주선일까요, 인간의 우주선일까요?"

나는 의식적으로 마음을 가라앉혔다. 그걸 생각해 본 적
은 없었다. 나는 손을 흔들었다.

"자, 그건 상관없어. 어느 쪽이든 너는 드래코로 간다. 너
는 군인이 아니니까 지구 연방군이 포로로 잡아갈 수는 없을

거야. 또 만약 드랙의 우주선이라면 당연히 고향에서 자유의 몸이지.”

우리는 걷기 시작했다.

“그렇지만, 삼촌. 드랙의 우주선이라면, 삼촌은 어떻게 되는 거지요?”

나는 어깨를 으쓱했다.

“아마 전쟁포로 정도? 드랙들은 행성 간 전쟁 협정을 준수한다고 했으니까 괜찮을 거야.”

기대는 하지 않는 게 좋다고, 머릿속의 또 다른 내가 말했다. 정말로 문제가 되는 건 내가 드랙의 전쟁포로가 되는 것과 파이린 4호 행성의 영구 거주자가 되는 것 중 어느 쪽을 더 선호하냐는 점이다. 오래전에 생각은 해본 적 있었다.

“자, 서두르자. 도착하는 데 얼마나 걸릴지 모르잖아. 그 우주선이 얼마나 오래 머물지도.”

배낭을 내려놓고 다시 둘러뗐다. 우리는 잠깐씩 짧은 휴식을 취할 때 말고는 멈추지 않았다. 밤에도 계속 걸었다. 덕분에 몸은 언제나 따뜻한 상태를 유지했다. 하지만 지평선은 조금도 가까워지지 않는 듯했다. 무거운 한 걸음 한 걸음을 뗄 때마다 내 정신은 점점 몽롱해졌다. 내가 붉은 잔디 사이 구덩이로 떨어졌을 때는, 의식이 두 발과 마찬가지로 무뎌진 지 여러 날이 지난 때였을 것이다. 갑자기 모든 게 캄캄해지더니 오른쪽 다리에 심한 통증을 느꼈다. 나는 의식이 점점 희미해져 가는 것을 체감하면서 그 상태가 주는 온기와 휴식과 평화를 기꺼이 받아들였다.

18

"삼촌? 삼촌! 일어나세요. 제발 정신 차리세요!"

몽롱했지만 누군가 얼굴을 찰싹 때리는 느낌은 알아차릴 수 있었다. 순간 극심한 고통이 천둥처럼 머릿속에 들이치면서 정신이 들었다. 다리가 부러져서는 안 되는데. 고개를 들어보니 저 위에 잡초가 무성한 구덩이의 가장자리가 보였다. 내 엉덩이는 뚝뚝 떨어지는 물속에 잠겨 있었다. 자미스가 내 옆에 쪼그리고 앉았다.

"어떻게 된 거지?"

자미스는 위쪽을 가리켰다.

"물 때문에 땅이 꺼져서 이런 구덩이가 생겼나 봐요. 흙과 잡초로 덮여 있어서 못 알아봤던 거구요. 삼촌, 몸은 어때요?"

"다리가 부러진 거 같아."

나는 등을 진흙투성이 벽에 기대었다.

"자미스, 너 혼자서라도 계속 가야 한다."

"삼촌을 두고 갈 순 없어요!"

"자미스, 가다가 누군가 만나면 나한테 보내면 되잖니."

"구덩이에 물이 차오르면 어떡하려구요?"

자미스는 내가 움찔할 때까지 내 다리를 손으로 꾹꾹 누르며 만져보았다.

"일단 여기서 나가야겠어요. 먼저 뭘 해야 할까요?"

자미스 말이 맞다. 익사는 내 계획에 없었다.

"단단한 막대기가 필요해. 다친 다리를 고정해야지."

자미스는 진흙탕 속에서 무릎을 굽히고는 배낭을 풀어 뒤지기 시작했다. 이 드랙은 말아놓은 천막까지 죄다 풀어 보았다. 천막 기둥을 꺼내 내 다리에 대고는 뱀 껍질 조각으로 감쌌다. 이윽고 뱀 껍질을 더 사용해서 고리 두 개를 만들었고, 내 두 다리에 고리를 각각 끼워 내가 일어서도록 받쳐주면서 자기 어깨에 걸었다. 자미스는 구덩이를 오르기 시작했고, 나는 다시 의식을 잃었다.

*

눈을 뜨자 나는 천막에 덮인 채 땅바닥에 누워 있었다. 자미스가 내 팔을 흔들었다.

"삼촌? 삼촌?"

"으응?"

나는 간신히 속삭였다.

"삼촌, 저는 떠날 준비가 되었어요."

그 애는 내 옆을 가리켰다. 천막에서 나온 뱀 껍질이 어떤 덩어리를 덮고 있었다.

"음식은 여기 있구요. 비가 오면 천막을 얼굴까지 끌어당기세요. 가는 길은 표시해 놓을 거니까 다시 돌아오는 길을 찾을 수 있어요."

나는 고개를 끄덕였다.

"조심해라."

자미스는 나를 물끄러미 쳐다보더니 머리를 흔들었다.

"아니에요. 삼촌, 제가 업고 갈 수 있어요. 우린 떨어질 수 없어요."

나는 힘겹게 고개를 저었다.

"얘야, 쉽게 해다오. 나는 갈 수 없어. 누군가를 찾아서 이곳으로 보내주렴."

위장이 경련을 일으키고 있었다. 식은땀은 뱀 껍질 옷을 흠뻑 적셨다.

"어서 가라. 계속 길을 가야지."

자미스는 배낭을 들고 일어나 어깨에 둘러멘 뒤, 우주선이 사라져 간 방향으로 달려가기 시작했다. 나는 그 모습이 안 보일 때까지 계속 바라보았다.

"나를 기억해 다오."

혼자 속삭였다. 나는 구름을 올려다보았다.

"넌 나를 거의 감동시켰지, 키즈로데 개자식아. 너는 점점 희미해지지만… 우리 둘이 있었잖아…."

의식이 오락가락하는 중에도 빗방울이 얼굴에 떨어지고 있다는 걸 느꼈다. 천막을 끌어당겨 머리끝까지 덮었다. 곧 어둠이 덮쳐 왔다.

*

"데이비지? 데이비지 소위?"

"아."

눈을 뜨자 주변을 휘도는 빛이 잠시 보였다. 지구 시간으로 4년 동안이나 보지 못했던 뭔가가 앞에 있었다. 그러니까 인간의 얼굴.

"당신은… 누구요?"

짧은 금발 머리에 얼굴은 젊고 길쭉했다. 남자로 보이는 그가 미소를 지었다.

"나는 군의관인 스티어먼 대위다. 몸은 어떤가?"

나는 그 질문을 곰곰이 생각한 뒤에 미소를 지었다.

"아주 무거운 쓰레기 뭉치에 한 방 얻어맞은 것 같습니다."

"실제로도 그랬지. 조사팀이 자네를 이곳으로 데려왔을 때에는 상태가 아주 안 좋았어."

"조사팀이요?"

"잘 모르는 모양이군. 지구 연방과 드래코 의회는 파이린 4호 행성 개발을 공동 감독하기 위해 합동 위원회를 구성했네. 전쟁은 끝났어."

"끝났다구요?"

"그렇다."

"어떻게요? 아마딘은 어찌 되었나요?

"그 행성은 격리되었다. 어떻게 될지는 모르지만 어쨌든 지구 연방과 드랙들은 거기를 떠났다."

무언가 무거운 것이 내 가슴에서 떨어져 나갔다.

"자미스는 어디 있습니까?"

"누구?"

"제리바 자미스. 나와 같이 있었던 드랙입니다."

의사는 어깨를 으쓱했다.

"그건 전혀 모르겠는데. 자네가 구조될 때 드랙이 있었다면, 아마 드랙 놈들이 데려갔겠지."

드랙 놈들.

나도 한때는 그 말을 쓴 적이 있었다. 그러나 스티어먼 군의관의 입에서 튀어나온 그 말은 이제 몹시 낯설었다. 낯설 뿐만 아니라 불쾌했다.

"자미스는 드랙입니다. 드랙 놈이 아니라."

의사는 눈썹을 찌푸리더니 어깨를 으쓱했다.

"아무튼, 뭐라 부르건 자네 맘대로. 자, 휴식을 취하도록. 몇 시간 뒤에 다시 검진하러 오겠다."

"자미스를 만날 수 있을까요?"

의사는 미소를 지었다.

"유감이지만, 그건 곤란할걸. 자네는 델파이 연방 기지로 돌아가는 중이니까. 그… 드랙은 드래코로 가고 있을 테고. 거기가 원래 소속된 곳이니까, 그렇겠지?"

그는 고개를 끄덕여 보이고는 돌아서서 나가버렸다.

어어, 저 양반이… 궁금증을 잔뜩 안고 있던 나는 몹시 허전하고 아쉬웠다. 주변을 둘러보니 내가 누워 있는 곳은 우주선 안의 환자 수용실이었다. 내 양옆 침대에는 다른 환자들이 있었다. 내 오른쪽 침대의 환자는 고개를 설레설레 젓고 나서 다시 잡지를 읽기 시작했다. 왼쪽 남자는 화가 나 있는 것 같았다.

"빌어먹을 드랙 놈의 앞잡이!"

그는 내게 등을 돌리고 왼쪽으로 돌아누웠다.

고향에 돌아왔다, 고향에. 어찌어찌 우여곡절 끝에.

19

'낯선' '지구'.

프랑스 오를레앙의 지구 연방 건물 안 복도 비탈을 걸어 내려가는데 이 두 단어가 머릿속을 스쳤다. 낯선 지구. 햇살, 파란 하늘, 무풍. 나는 바람을 싫어했다. 개미 떼처럼 북적이는 지구 연방 군무원들 무리가 보였다. 산업의 역군들 같은 냄새를 확 풍겼다. 나는 복도에 침을 뱉었다.

"포로수용소에서 얼마나 있었나?"

내려다보니 하얀 모자를 쓴 지구 연방의 헌병이 나를 노려보았다. 나는 계속 경사로를 걸어 내려갔다.

"제길."

"뭐?"

그 경찰은 내 쪽으로 걸어오며 프랑스어로 말했다. 경사로 끝에서 마주 섰다.

"열받네."

나는 셔츠 가슴 호주머니에서 석방 서류를 꺼내 흔들어 보였다.

"단기 수감자다, 가베이, 키즈로데?"

헌병이 눈살을 찌푸리며 내 서류를 받아 들더니 구역 끝에 있는 낮고 기다란 건물을 가리키며 프랑스어로 말했다.

"이쪽으로 곧장 가라."

나는 웃으며 뒤돌아서서 지구 연방 구역을 가로질러 걸어갔다. 인간들은 서로 어떻게 소통하냐고 묻던 자미스가 생각났다. 자미스는 어디에 있을까? 나는 고개를 가로젓고는 건물 안으로 들어갔다. 낮은 건물 안에 있는 사람들은 대개 입국 수속이나 수송 교환 통로에서 바글거렸다.

두 개의 긴 테이블 뒤에는 심드렁한 얼굴을 한 직원 둘이 있었는데 아마도 지방 세관원 같아 보였다. 여러 언어로 된 표지판은 내 짐작이 맞다는 확신을 주었다. 그중 한 사람 앞에 가서 섰다. 그녀가 나를 보더니 손을 내밀며 프랑스어로 말했다.

"여권 보여주세요."

나는 파란색과 흰색으로 된 책자를 꺼내 건네주고는 두 손을 맞잡은 채 기다렸다. 그녀 뒤쪽 벽에 붙은 반反드랙 포스터가 눈에 들어오자 뒷목 근육이 뻣뻣해지는 것을 느꼈다. 송곳니를 드러낸 입 앞에 두 개의 노란 집게발이 미니어처 지구를 움켜쥐고 있었다. 송곳니와 집게발. 일곱 개의 언어로 이렇게 적혀 있었다. '그들은 이것을 승리라 부르리라.'

다시 그녀가 프랑스어로 말했다.

"신고하실 게 있는지요?"

나는 그녀에게 인상을 쓰며 말했다.

"에쓰?"

그녀도 얼굴을 찌푸렸다.

"신고하실 게 있냐구요."

누군가 내 등을 건드렸다.

"영어 하시죠?"

돌아보니 다른 남자 직원이 있었다. 콧수염을 기른 땅다람쥐처럼 생긴 노인. 나는 윗입술을 말며 말했다.

"수르다, 니 수르다. 아드제 드래콘?"

그는 눈썹을 치켜올리며 내게 드랙이냐고 물었다. 그는 여자 직원에게서 내 여권을 받아 쥐고는 나를 돌아보았다. 손가락 끝으로 그 책자를 탁탁 치더니 신원이 기재된 쪽을 읽어보고 내 쪽을 보며 말했다.

"같이 가시죠, 데이비지 씨. 이야기를 좀 나눠야겠습니다."

그는 돌아서서 작은 사무실로 향했다. 나는 어깨를 으쓱하고는 그를 따라갔다. 방에 들어가더니 그는 의자를 가리켰다. 내가 몸을 낮추어 의자에 앉자 그는 책상 뒤쪽에 앉았다.

"왜 영어를 못하는 척하시죠?

"벽에 있는 저 포스터는 뭡니까? 전쟁은 끝났잖아요."

그는 깍지 낀 채 두 손을 책상 위에 가만히 올려놓고는 머리를 저었다.

"싸움은 끝났어요, 데이비지 씨. 그런데 많은 이들에게는 아직이지요. 드랙 놈들이 수많은 인간을 죽였으니까요."

나는 머리를 한쪽 방향으로 곧추세우며 말했다.

"드랙들도 마찬가지로 죽었지요."

나는 일어났다.

"이제 가도 될까요?"

직원은 의자에 앉은 채 몸을 뒤로 젖혔다.

"계속 그런 삐딱한 태도면 지구에서 살기 만만치 않을 겁니다."

"기꺼이 감수해야죠."

직원은 어깨를 으쓱하더니 문 쪽으로 턱을 끄덕였다.

"가도 됩니다. 행운을 빕니다, 데이비지 씨. 행운이 꼭 필요할 거요."

*

드랙 놈의 앞잡이.

사람들 사이에서 '드랙 놈의 앞잡이'라는 말은 매국노, 이

교도, 노예, 검둥이 등등 역사적인 멸칭이 다 섞여 있는 비속어였다. 전직 전투기 조종사는 지구에서 취업하려는 드랙이나 다를 바가 없을 정도로 일자리 얻기가 매우 힘들었다. 민간 기업에 취직을 할 수 있는 기회는 원천적으로 봉쇄되었다. 하긴 나는 비행을 하지 않은 지 4년이 넘었고 한쪽 다리를 절었으며 드랙 놈의 앞잡이라는 꼬리표가 따라다니는 사람이었다.

북아메리카로 간 뒤 외로운 방랑의 시간을 거쳐 댈러스에 이르렀다. 탈만에 나오는 고대 미스타안의 말씀이 뇌리를 떠나지 않았다. 미스누우람 바 시데쓰. 네 생각이 외로움이다. 외로움은 자기가 스스로에게 가하는 것.

제리는 고개를 한번 흔들더니 하고 싶은 말이 떠오르자 노란 손가락으로 나를 가리키며 말했었다.

"데이비지, 나한테 외로움은 다만 불편한 것이야. 불쾌하고 피하고 싶지만, 두려워할 대상은 아니야. 근데 너는 혼자 남느니 차라리 죽는 걸 선호할 것 같아."

물론이다. 나는 특별한 재능이 있었다. 아무리 많은 인파 속에서도 외로움을 찾는다는 것.

미스타안은 말씀하셨다. 홀로 있을 때 외로운 사람은 다른 사람들과 함께 있어도 영원히 외로울 것이다. 모순인가? 나는 경험을 통해 그 말이 진실임을 알게 되었다. 나는 이 행성 안에서 어울리지 않는 사람이었다. 나로서는 공감할 수 없는 그들의 증오와, 그들에게는 불가능하고 비뚤어져 보이는 나의 사랑 때문에. 내 마음 깊은 곳에서 나는 '데이비지'라 불리는 피조물이 쓸모가 없다고 생각했다. 파이린 4호 행성에 불시착하기 전에도 물론 그렇게 느낀, 뭐라 설명할 수 없는 이유들이야 있었겠지만, 지금은 더 확실해졌다. 내 탓이든 아니든 간에 나는 자미스라 불리는 그 못생기고 노란 생명체와 그 부모까지 배반한 셈이다. 자미스가 제리바 가계의 기록 보관소 앞에서 당당히 서도록 해줘야 한다. 맹세코.

오, 제리…. 맹세하네! 내가 맹세해….

퇴직금으로 받은 4만 8,000크레딧이 있어서 먹고사는 건 문제가 아니었다. 중요한 건 뭘 하고 사느냐였다. 마침내 댈러스에서 나는 작은 출판사에 고용되어 싸구려 통속소설을

드랙어로 번역하는 일을 했다. 드랙들 중에는 서부극을 좋아
하는 작자들이 몇몇 있는 모양이었다.

"손들어, 나아구사아트!"

"누 게프, 보안관!"

탕! 탕! 총이 불을 뿜었고, 또 다른 키즈로데 샤드사아트
는 거꾸러졌다.

나는 그 일을 때려치웠다.

*

내 생각엔 지구에 나와 같은 이들이 적지 않았지만 사방
에 흩어져 있었다. 비틀거리는, 정신을 차리려 애쓰는 제대
군인들. 그들은 자신이 적응할 수 있는 곳을 찾으려 했다. 한
뉴스는 제대 군인 그룹의 자살률이 가장 높다고 보도했다.

그래, 나도 마찬가지지.

"자네는 내 손에 얼마나 많은 노란 피가 묻었는지 아나?"

어느 바에서 한 참전 군인이 내게 물었다. 나는 감히 짐작
도 못 했지만, 지구 연방군 공수부대 장교였던 그 남자는 더
이상 말이 없었다. 그는 바에 앉아 자기 손을 물끄러미 보다
가 더럽게 질척거리는 지구의 인간들보다 차라리 드랙들과
더 잘 통한다고 중얼거렸다.

*

마침내 부모님께 전화를 걸었다.

"왜 그동안 전화하지 않았니, 윌리? 걱정 많이 했다. 네가 죽은 줄 알았어."

"처리해야 할 일이 몇 가지 있었어요, 아버지."

"무슨 일?"

"지금 당장은 설명드릴 수 없어요."

"음, 이해한다, 얘야. 끔찍한 일이었을 거야."

"아버지, 잠시 집에 가 있으면 안 될까요?"

"집에 온다고? 아무렴. 당연하지, 아들아."

20

중고 디어맨 전기차의 선금을 치르기도 전에, 집에 가는 게 실수라고 느꼈다. 나는 집이 필요하다고 느꼈지만 열여덟 살 때 떠났던 그 집은 아닌 것이다. 하지만 이미 출발한 뒤였다. 방향을 틀어 달리 갈 곳도 없었다.

나는 어둠 속에서 오래된 길로만 차를 몰았다. 디어맨 자동차의 나직이 윙윙거리는 모터 소리만 들려올 뿐이었다. 12월의 한밤중은 맑았고 운전석 둥근 선루프를 통해 별들이 보였다. 파이린 4호 행성에 대한 상념이 마구 밀려들었다. 포효하는 바다, 끊임없이 부는 바람. 차를 길가 언덕배기에 세우고 라이트를 껐다. 잠시 뒤 눈이 어둠에 익숙해지자 나는 밖으로 나왔다.

캔자스의 밤하늘은 광활했고 별들이 손에 닿을 만큼 가깝게 보였다. 얇게 깔린 눈이 발밑에서 뽀드득거렸다. 반짝이는 수천 개의 별들 중에서 파이린 태양을 찾아보려 하늘을 한참 쳐다보았다.

파이린은 페가수스 별자리에 속해 있었지만 내 눈은 하늘

164

에서 날개 달린 말을 구별할 만큼 충분히 훈련되어 있지 않았다. 추위를 느꼈으므로 나는 다시 차에 타기로 했다. 차 문 손잡이에 손을 대었을 때, 지평선 바로 위, 북쪽에 내가 잘 알고 있는 별자리 하나가 눈에 들어왔다. 드래코 성단이었다. 꼬리로 작은곰자리를 감싼 채 머리 부분이 아래로 와 하늘에 거꾸로 매달려 있는 용. 용의 코 위치에 있는 엘타닌 별이 바로 드랙 종족의 고향별이었다. 그리고 두 번째 행성은 지금 자미스가 있을지도 모를 제리의 고향 드래코였다. 우리는 뱀처럼 길게 이어진 드래코의 별들을 용이라고 불렀다. 드랙들은 드래코 행성을 '잊힌 지도자'라고 부른다. 우연의 일치인가? 제리도 잊힐 운명이었나? 그럴 수도 있겠지.

자미스. 자미스는 어디 있었지?

헌신. 드랙들은 그걸 어떻게 해야 하는지 잘 알고 있었다. 코다 이테다에서 아이단은 세계를 평화로 이끌 전쟁 영웅들을 찾으면서 그들이 헌신하길 원했다. 아이단의 간단한 '시험'이 있었다.

*

"아이단."

니아가트가 말했다.

"나는 헤라크를 섬길 것이오. 나는 전쟁의 종식을 볼 것이고 전쟁 영웅이 될 겁니다."

"니아가트, 이를 이루기 위해 살인도 불사할 것이오?"

"그럴 것입니다."

"헤라크라도?"

니아가트는 잠시 머뭇거리더니 그 질문에 대해 깊이 생각했다.

"전쟁의 끝내기 위해서라면 헤라크의 죽음도 받아들이겠습니다."

"내가 묻는 건 그게 아니오."

"아이단, 기꺼이 내가 직접 죽일 수도 있습니다."

"그럼, 니아가트. 당신은 평화를 위해 죽을 수 있소?"

"다른 전사들처럼 저도 죽음을 각오하고 있습니다."

"다시, 니아가트, 내 질문은 그게 아니오. 이 전쟁을 끝내기 위해서 당신 목숨을 희생해야 한다면 그리하겠소?

니아가트는 다시 대답을 고민했다.

"저는 기꺼이 이 전투라는 도박을 감수하겠습니다. 제 목표를 위한 기회이기 때문입니다. 하지만 제가 죽는다면 목표를 이룰 기회가 사라지겠죠. 저는 목숨을 걸지는 않겠습니다. 그건 어리석은 짓입니다. 제가 당신의 시험을 통과했습니까?"

"당신은 실패했소, 니아가트. 당신 목표는 평화가 아니라 평화롭게 사는 것일 뿐이지. 오직 평화만을 목표로 삼고 그리하여 스스로 당신 목에 칼을 들이댈 수 있을 때 다시 오시오. 그게 진정한 전쟁 영웅이 갖는 칼날의 가치요."

*

니아가트는 전쟁 영웅의 칼을 얻지 못했지만, 아이단은 사실상 평화를 최우선시하는 다른 전쟁 영웅들과 전사들로 대열을 채울 수 있었다. 우주에서 이러한 신념과 헌신을 어디서 찾을 수 있단 말인가?

헌신.

그건 내 삶을 짓누르고 있던 것이었다. 나는 제리와 약속했었다. 피비린내 나는 전투 중 저 멀리 있는 행성에서 한 약속이지만, 꼭 지켜야 했다.

정면에서 다가오는 헤드라이트 불빛으로 눈이 부셨다. 자동차가 멈추었다. 운전석 창문이 열리더니 어둠 속에서 누군가 말을 걸어왔다.

"곤란한 일이 있으신가요? 도와드릴까요?"

나는 고개를 저었다.

"아뇨, 하지만 감사합니다."

나는 손을 들어 올렸다.

"저는 그냥 별을 보고 있었습니다."

"멋진 밤이군요, 그렇죠?"

"그렇군요."

"정말 도움은 필요 없는 거죠?"

나는 고개를 저었다.

"감사합니다… 아 잠깐만요. 여기서 가장 가까운 우주 공항이 어디 있습니까?"

"살리나 쪽으로 1시간 정도 가면 됩니다."

"감사합니다."

창문에서 손 흔드는 모습이 보였고, 차는 멀어져 갔다. 나는 다시 한번 엘타닌 별을 바라본 후 내 차 안으로 들어갔다.

21

　나는 살리나에서 적당한 가격에 필요한 건 다 구비된 비
좁은 모텔 방에 묵었다. 시장에 갔고 사무용품점에 들렀다.
컴퓨터로 일을 시작했다. 이상한 건 내가 탈만을 글로 쓸 수
없었다는 점이었다. 낭송을 해봐야만 했다. 음성 입력 방식
으로 컴퓨터를 조정한 뒤 나는 영어로 말을 하기 시작했다.
내 마음속으로부터 저절로 번역되어 흘러 나갔다.

*

　표식 말을 창조한 나, 미스타안은 당신 앞에서 아아크바 신화
와 우헤 이야기 그리고 첫 진리를 설파한 쉬주마아트의 말씀을
들려주겠다.
　신디가 그 세상이었다.
　그리고 빛의 신, 아아크바가 세상을 만드셨다.
　그리고 아아크바는 세상을 만든 후 노란 피부에 손가락과 발
가락이 세 개씩인 특별한 피조물을 만드셨다. 그것은 한 종이며

각자 자신의 아이를 잉태하거나 다른 이의 아이를 낳을 수도 있다. 이 피조물에게 생각과 목소리를 주어서 만물의 부모를 경배하도록 하셨다.

*

나는 말하면서 모니터에 나타나는 문장들을 유심히 보았다. 아아크바 전설. 율법의 형성. 율법이 사라진 세상. 그리고 우주에서 불변할 때에만 지속할 수 있는 평화의 율법.

*

…마다흐를 덮은 구름은 황량했고, 아쿠자흐의 서쪽 땅은 물이 없어 갈라지고 한낱 먼지로 변했다.

아침과 저녁 하늘은 식어가는 쇠처럼 붉고 노란 빛을 띠었지만 정오의 하늘은 눈부신 푸른빛으로 타올랐다. 호수와 강들은 진흙 먼지가 되었고 물속에서 헤엄치던 생물들은 죽어갔다. 얼음 바다는 악취 나는 기름으로 검은 바다가 되어갔다. 야생 생물들은 마다흐에서 산으로 도망쳤고 다시 디루베다흐와 쿠베다흐로 달아났다.

마다흐의 자랑스러운 사냥꾼들도 창에 피를 묻힐 길이 없어

자식들이 울어대며 야위어 가는 모습을 지켜볼 뿐이었다. 사냥꾼들은 나무뿌리, 벌레, 아직 살아 있는 나무껍질을 채집했다. 하지만 이마저도 다 없어져 갔다. 사냥꾼들은 울다 지쳐 멍한 눈이 된 자식들을 지켜볼 뿐이었다. 식수를 얻으려고 개울과 우물 바닥을 손으로 파냈다. 하지만 물은 그 속도보다 빠르게 사라져 갔다. 그리고 사냥꾼들은 자식들이 죽어가는 걸 지켜볼 수밖에 없었다….

*

그리고 그 종족들이 하나뿐인 자식을 잡아먹기에 이르렀을 때, 사냥꾼 중 한 사람이 새로운 계시와 전쟁 법령을 선포했다. 위대한 우헤께서는 마다흐의 태울 듯 뜨거운 죽음의 사막으로부터 빠져나와 아쿠자흐산맥을 가로질러서 백성들을 구원할 전쟁을 이끌고는 마침내 신디를 통일하셨다.

나는 낭송을 지속하면서 눈물이 뺨을 타고 흘러내리는 것을 느꼈다. 동굴에서의 기억 때문이었다. 위대한 말씀을 정통 드랙어로 낭송하는 인간과 그 모습을 감동스러운 눈빛으로 바라보던 제리.

*

…신디에서 철을 다루는 대장장이 하나가 노동으로 아아크바에게 자신의 책무를 다했고, 자식을 낳았다. 철 대장장이의 이름은 카두아흐였고 카두아흐는 그 자식에게 쉬주마아트라는 이름을 붙여주었다.

…카두아흐는 아아크바에게 순종적인 자녀였고 그 부모가 그를 길이자 빛이신 신의 진리로 인도했다….

*

신실한 남다스 이야기도 있었는데, 제리는 그 부분을 들을 때마다 미소를 지었다.

…나는 쉬주마아트보다 한 해 먼저 아아크바 코바흐에 들어갔지만 쉬주마아트와 같은 등급 학급에 배정을 받았다. 나는 묵묵히 주어진 대로 받아들였다. 사원 성직자들은 학급에서 나를 가장 하찮게 여겼다. 내 동료들이 사원 성직자들 발치에 앉아 박식한 담화를 나누는 동안 나는 먼지 같은 것만 좇아야 했다.

*

또한 제리를 항상 울게 하는 책이 있었는데 쉬주마아트의 재판과 처형으로 시작되는 미스타안 제3권이다.

너는 젊다, 미스타안. 이 증오의 벽을 용감하게 대면하라. 나를 둘러싼 전사들의 강철 무기가 너의 젊음을 내게 보여주는구나. 네가 나이가 들면 너는 이 젊음을 어리석음이라 부를 것이다.

*

3주가 지나갈 즈음 작업을 끝마쳤다. 종이로 출력하는 동안 나는 침대에 쭉 뻗고 누워 내가 한 일과 앞으로 할 일에 대해 생각했다. 원고가 괜찮을지 모르겠다. 1만 1,000년 동안의 지혜라지만 외계인의 지혜는 받아들이기 힘들 터였다. 한두 가지쯤 진리로 여겨져 남을까. 아마 나는 부질없이 돼지 목에 진주 목걸이를 거는 행위를 하는지도 몰랐다. 어쨌든 내가 할 수 있는 가치 있는 일은 이 일뿐이었다. 나는 모텔비를 지불하고 나왔다.

*

사흘 뒤 나는 댈러스에서 론스타 출판사를 경영하는 회색 머리 남자 앞에 서 있었다. 그는 나를 올려다보더니 인상을 썼다.

"그래, 원하는 게 뭐요, 데이비지? 난 당신이 그만둔 줄 알았는데."

나는 1,000쪽짜리 원고를 그의 책상 위에 던졌다.

"이거요."

그는 손가락으로 원고 뭉치를 쿡 찔렀다.

"이게 뭐요?"

"드랙의 성경입니다. 탈만이라고 부르지요."

"그래서요?"

"영어로 번역한 유일한 원고입니다. 드랙들의 문화와 행동 양식을 이해할 수 있는 좋은 길잡이가 될 겁니다. 당신한테 큰돈을 벌게 해줄 거고요."

그는 몸을 앞으로 숙여 몇 장을 훑어보고는 나를 올려다보았다.

"음, 데이비지, 난 당신이 애초부터 그다지 영양가 있어 보이지 않았어, 젠장."

"다행이군요. 나도 당신을 좋아하진 않습니다."

그는 원고로 다시 시선을 옮겼다.

"왜 이제 와서?"

"돈이 필요한 때라서요."

그가 어깨를 으쓱했다.

"최대 8,000에서 1만 크레딧. 이런 건 시도해 본 적이 없으니까."

"2만 4,000이 필요합니다. 당신은 그보다 적게 주고 싶겠지만 그러면 다른 출판사로 갈 거요."

그는 나를 보고는 얼굴을 찌푸렸다.

"다른 데서 관심을 주기나 할까?"

"협상은 사절입니다. 군인이건 민간인이건 전쟁에서 살아남은 사람들은 다들 무슨 일이 벌어졌던 건지 알고 싶어 하죠."

나는 앞으로 몸을 숙인 채 원고를 손으로 툭툭 쳤다.

"여기 담긴 내용이 그거요."

"초벌 원고에 2만 4,000은 너무 많아."

나는 종이 뭉치를 챙기며 말했다.

"그럼 다른 사람을 찾아보겠습니다."

그가 원고에 손을 얹었다.

"잠깐만, 데이비지."

얼굴을 찌푸리며 말했다.

"2만 4,000?"

"한 푼도 깎을 수 없어요."

그는 입술을 오므리며 나를 힐끗 보았다.

"꽤나 고집스럽구먼?"

나는 머리를 저었다.

"내가 원하는 건 돈이오. 당신은 이 원고로 뭐든 할 수 있어요."

그는 의자에 기대앉은 채 원고를 훑다가 나를 보았다.

"돈이라. 돈으로 뭘 할 셈이지?"

"그건 상관하실 바 아니고."

그는 다시 원고를 몇 장 더 넘겼다. 그는 눈썹을 치켜올리더니 나를 보며 말했다.

"계약서에 까다롭게 굴진 않겠지?"

그는 다시 몇 장 더 훑어보았다.

"이거 내용이 꽤 과격한데."

"그렇죠. 그런데 플라톤, 아리스토텔레스, 아우구스티누스, 윌리엄 제임스, 프로이트, 토머스 사스, 노르트마이어, 독립선언문에도 똑같은 내용이 나옵니다."

그는 의자 깊숙이 몸을 기대앉았다.

"이해가 안 되네, 데이비지. 이게 당신에게 무슨 의미가 있지?"

"2만 4,000크레딧."

그는 몇 장 계속 더 훑어보았다. 나는 12시간쯤 뒤에 드래코행 표를 샀다.

22

서류상으로는 평화협정에 따라 내게 드래코로 여행할 수 있는 권리가 있지만, 드랙 행정 관료들은 이 최초의 지구인 방문객이 입국하지 못하게 하려고 완벽하고도 어마어마한 핑곗거리들을 마련해 놓았다. 비자를 받으려고 뉴욕 드랙 영사관에서 귀가 얼얼해질 정도로 수없이 많은 전화를 해야만 했다. 게다가 영사관 건물 앞은 성난 시위대들로 어지러웠다. 콘크리트와 유리로 된 건물이었는데 20층 위에만 창문이 있었다. 벽돌을 던져도 닿을 수 없는 높이랄까. 시위대의 피켓에 쓰인 문구들을 보니 규탄의 대상은 드랙이 아니라 지구의 우주외교부였다. 지구인 외교 사절들은 '커다란 전쟁'을 종식하고 아마딘을 봉쇄한 뒤 그곳에 있는 인간들은 그대로 남겨둔 채 오도 가도 못 하게 하는 협정에 서명했던 것이다.

입구에서 경비원은 내가 출입증을 보여주자 들여보내 주었다. 영사관 로비와 사무실 어디에도 드랙은 없는 것 같았다. 내 비자를 발급해 준 것도 인간이었다. 큰 키에 회색 머리칼을 지닌, 모든 것을 자기 코 아래로 내려다보는 듯한 그녀는 중학생 때 영어 선생님을 떠올리게 했다. 그녀가 내 여권을 쥐고 좀 난감한 표정을 지었다.

"데이비지 씨, 이렇게 수고스럽게 비자를 받기 위해 노력하시는 걸 보면 드래코에 아주 중요한 일이 있나 봐요."

"제게는 물론 중요한 일입니다만."

"신청서에는 방문 목적이 행사 참여라고 쓰셨네요."

"맞습니다."

"어떤 행사인가요?"

그건 그녀가 상관할 바 아니었지만 행정 관료들을 상대하는 방식을 나는 알고 있었다. 총을 들고 있거나 돈이 많거나 아니면 약점 잡을 사진이라도 갖고 있지 않은 한, 뭐가 되었건 원하는 것을 들어줘야만 한다. 존경의 태도와 함께.

"성인식입니다."

그녀는 여권을 건네며 물었다.

"사업 파트너의 아이인가요?"

나는 여권을 주머니에 넣으며 고개를 저었다.

"아뇨, 제 조카요."

그녀가 내 말뜻을 파악하려고 애쓰는 동안, 나는 그 방을 나와서 다음 절차가 진행될 사무실로 지친 발걸음을 옮겼다.

*

　뇌물을 주고, 다그치고, 질병이나 밀수 혐의 여부와 방문 목적을 확인받고, 서류를 더 작성하고, 다시 작성하고, 뇌물을 더 주고 기다리고, 또 기다리고, 다시 기다리고…. 내가 가서 만나기 전에 자미스가 늙어 죽지는 않을까 염려될 지경이었다. 결국 실패한 사람도 있었을 테지만 나는 간신히 제대로 서류를 갖추어 드래코행 우주선에 올랐다. 우주선에서는 대부분 객실에서 시간을 보냈다. 하지만 드랙 승무원이 내게 서빙하는 걸 거부했기에 밥을 먹기 위해서는 식당으로 가야만 했다. 나는 혼자 식사를 하면서 옆자리에서 들려오는 말들을 들었다. 나는 괜한 분란을 일으키기 싫어서 그들의 말을 못 알아듣는 척했다. 지구인들은 드랙어를 할 줄 모르는 게 당연하다고 여겨졌으니까. 하지만 불쾌한 말이 한두 번도 아니고 여러 번 지속되자 더는 가만 있을 수 없었다.

　"우리가 꼭 이르크마안하고 같은 장소에서 식사를 해야만 하나? 밥맛 떨어지게."

　"보라구, 피부가 저렇게 희멀건 데다 부스럼투성이야. 또 머리에 저 지푸라기는 뭐야. 냄새는 더럽게 지독하군. 퉤! 저 놈의 냄새!"

　나는 이를 살짝 악물었다가 시선을 접시 위에 고정했다.

그 테이블에 앉은 드랙 셋 중에 한 명만 입을 벌리고 있었다. 점잖아 보이는 나머지 둘은 당황한 모양이었다. 그 한 명은 입을 벌려 다시 떠들기 시작했다.

"우주의 법칙이 저따위 괴물을 만들어 낼 만큼 썩었다니, 그건 탈만에 대한 도전이야."

나는 고개를 들어 통로 건너편 좌석에 앉아 있던 세 명의 드랙을 마주 보았다. 내 시선은 그 삐딱한 태도의 비쩍 마른 드랙에게 꽂혔다. 나는 드랙어로 쏘아붙였다.

"네 집안의 어르신들이 너네 마을의 키즈에게 피임법을 가르쳤다면 너는 태어나지도 못했을 거다."

나는 이 농담을 가르쳐 준 제리에게 감사했다. 당황한 두 드랙이 화난 나머지 하나를 끌어 앉히려고 버둥거리는 동안에 나는 다시 접시로 시선을 처박았다.

*

식사를 마치고 내 객실로 돌아오고 나서 얼마 뒤 누군가가 찾아왔다. 소매에 두 개의 푸른색 야광 줄이 달린 청색 제복을 입은 드랙이었다.

"윌리스 데이비지 씨인가요?"

그는 묵직한 악센트의 영어로 물었다.

181

"그렇습니다만."

"저는 아투 비입니다. 우주선 2등 사무관이죠. 들어가도 될까요?"

나는 방문 옆으로 비켜서서 손으로 붙박이 의자를 가리켰다. 그와 마주 보고 앉았다.

"무슨 일 있습니까, 아투 비 씨?"

드랙은 눈썹을 올렸다.

"식사 담당 직원 말이 드랙어를 잘하신다고 하더군요."

"훌륭한 선생님께 배웠습니다. 조용한 교실에서, 오랜 시간 동안."

아투 비 2등 사무관은 나를 잠시 살펴보더니 물었다.

"그러면 탈만도 배우셨나요?"

"네, 배웠지요. 왜 물으시는지요?"

"제 생각엔 코다 타르메다를 읽어보시면 보탬이 될 것 같습니다만. 아주 흥미로울 겁니다."

아투 비는 일어서서 방문을 닫고 나갔다.

코다 타르메다는 코네레트 이야기다. 코네레트는 탈만의 선생으로 열정에 대해 그리고 탈마, 즉 문제를 해결하는 길인 정도正道에 대해 연구한 대가다.

열정은 규범으로 다스려야 한다. 사랑하거나 증오하지 말라는 의미가 아니다. 너의 열정이 탈마를 막는다면, 사랑과 증오의 규

범 바깥으로 나가야만 한다. 그래야 탈마가 너를 이끌 수 있다.

우주선 라운지에서 보인 나의 언행이 아투 비의 귀에까지 들어간 모양이다. 이건 또 무슨 싸구려 탈마인가? 어떤 드랙이 입만 살아서 고자질한 걸까? 아무래도 나를 도와줄 누군가와 동행했어야 했나? 그 자리에서 맞받아 더 세게 나가야 했을까? 어찌 됐든 어떤 드랙이 선장에게 불만을 표출했고 그 결과 2등 사무관이 내게 와서 아주 예의 바른 태도로 입을 다물라고 한 것이다. 좋은 충고다. 어떤 제타흐, 즉 선생이 했던 말 이상이다. 탈마를 안다고 탈마를 사는 건 아니다.

우주선이 드래코에 도착할 즈음 나는 2등 사무관에게 충고해 줘 고맙다고 말했다. 그 드랙은 나를 잠시 바라보더니 입을 열었다.

"곧 착륙합니다. 승객들이 내릴 때 인간 한 사람이 당신에게 올 겁니다. 지구 연방 외교부 소속이지요. 그의 목적은 여기서 지구로 갈 수 있는 가장 가까운 정거장까지 당신을 데리고 가는 것입니다. 그 사람을 피하세요. 드랙 정부에서도 당신을 행성 밖으로 보내기 위해 그에게 협조하려고 할 겁니다."

나는 내 눈썹이 올라가는 걸 느꼈다.

"질문이 있는데, 아투 비 씨, 제가 누구를 모욕했나요?"

"마스루 아흐니바, 치시엔 덴베다흐의 은퇴한 첫 제타흐입니다. 마스루 아흐니바는 현재 지구외교 임무를 맡은 군대의 선생으로 복무 중입니다."

"질문 하나 더 드릴게요, 아투 비씨. 내가 마스루 아흐니바에게 사과하면 탈마를 섬기는 게 될까요?"

그 드랙은 웃으며 질문으로 대답을 대신했다.

"우헤께서는 사막에서 더 많은 고난을 겪으셔야 했을까요?"

23

드래코에 도착한 뒤 나는 지구외교부 직원을 성공적으로 따돌렸다. 사실 그를 우주 공항에 혼자 두고 오는 게 썩 내키지는 않았다. 그는 본부로 돌아가면 아마 괴로운 시간을 보내야 할 것이다. 몇 가지 지상 교통수단이 있었는데, 나는 신디에부로 가는 리무진 버스를 탔다. 거기서는 제리바 집안의 땅으로 가는 다른 버스로 갈아탈 수 있었다. 승차할 때마다 운전사는 베마다흐, 즉 방랑자들이 있는 앞쪽에 앉으라고 알려주었다. 추방자들은 대부분이 베마다흐였는데, 그들은 전쟁에 나가 싸우는 걸 거부했기 때문이다. 승객 중에는 한 명의 비카안인과 그 밖에 몇몇 외계 종족도 있었지만 그들은 일반 시민들과 같이 뒤쪽 자리에 앉아 있었다.

신디에부에서 버스를 타면서는 방랑자 중 한 명에게 왜 앞자리에 앉는지 물어보았다. 그 베마다흐의 설명을 들으니 완벽하게 이해가 되었다. 문이 앞쪽에 위치해 있으니 약간이지만 뒤쪽보다는 더 먼지가 날리고 찬바람도 들어온다. 뒷좌석에 앉으면 더 편하기도 하거니와 앞좌석에 앉는 믿을 수 없는 승객들을 지켜볼 수도 있다. 이런 논리라면 옛 미국 역사에서 왜 버스 뒷좌석이 2등석이었는지 의아해졌다.

그 베마다흐는 다음 정거장이 가까워지자 내게 고갯짓했다. 주도로에서 벗어나 나무가 우거진 언덕길이 보였다. 그가 드랙어로 말했다.

"여기서 내리세요. 저 길을 따라가면 목적지가 나올 거예요. 어서 일어서지 않으면 운전사가 정거장을 지나칠 거예요."

나는 자리에서 일어나 밖을 내다보았다.

"고맙습니다."

그가 나를 보며 말했다.

"지구에도 베마다흐가 있나요?"

"네, 여러 부류가 있죠."

"당신은 지구에서 베마다흐입니까?"

나는 잠시 생각하다가 버스가 쉭 소리를 내며 정차할 때 대답했다.

"그런 것 같습니다. 하지만 당신은 그렇게 보이지 않는군요."

내가 버스에서 내리자 문이 닫혔다. 버스는 순식간에 사라져 버렸다.

제리바 집안의 땅은 회색 절벽과 키 큰 나무들이 있는 바위투성이 골짜기 깊숙이 자리 잡고 있었다. 높은 돌담이 사유지를 빙 둘러쌌으며 대문에서는 전에 제리가 이야기해 주었던 거대한 석조 주택이 보였다. 거의 성처럼 보였다. 나는 드랙 문지기에게 제리바 자미스를 만나고 싶다고 말했다. 문지기는 마치 내가 그의 셔츠에 똥이라도 싼 것마냥 노려보더니 대문 뒷공간으로 사라졌다. 잠시 후 다른 드랙이 저택에서 나와 드넓은 잔디밭을 가로질러서 내 앞으로 걸어왔다. 비단처럼 수려하고 흐드러지는 빛깔의 녹색 예복을 입고 있었다. 나를 바라보는 그의 얼굴은 죽은 제리와 아주 닮아 있었다.

"당신이 제리바 자미스를 만나고 싶다고 한 이르크마안이오?"

나는 고개를 끄덕였다.

"그렇습니다. 분명히 자미스가 저에 대해 이야기했을 겁니다. 나는 윌리스 데이비지입니다."

드랙은 나를 무슨 괴물 바라보듯 뚫어져라 쳐다보았다.

"나는 에스톤 네프요. 제리바 쉬간의 형제이지요. 내 부모님이신 제리바 고티그가 당신을 만나고 싶어 합니다."

드랙은 홱 몸을 돌려서 저택으로 걸어갔다. 그를 뒤쫓아

가면서 나는 자미스를 다시 만난다는 생각에 가슴이 벅차올랐다. 둥근 천장이 있는 큰 방으로 안내될 때까지 나는 에스톤 네프의 태도나 주변 환경에 거의 신경 쓰지는 않았다. 제리는 이 집이 지어진 지 4,000년이나 되었다고 말한 적 있는데, 이제 그 말이 사실이라는 걸 알 수 있었다. 내가 방으로 들어서자 다른 드랙이 일어서서 나에게 다가왔다. 늙었지만, 그가 누구인지 곧바로 알 수 있었다. 그 얼굴에 대해서는 너무나 여러 번 얘기를 들어서 내 아버지보다 더 친숙했다.

"당신이 쉬간의 아버지인 고티그로군요."

노란 눈이 나를 유심히 보았다.

"당신은 누구시오, 이르크마안?"

그는 주름진 세 손가락이 달린 손을 내밀었다.

"제리바 자미스에 대해 무엇을 알고 있소? 왜 내 아이 쉬간의 말투와 억양으로 드랙어를 하는 거요? 무슨 목적으로 이곳에 온 거요?"

"제리바 쉬간이 제게 이렇게 가르쳐 주었기 때문입니다."

늙은 드랙은 머리를 한쪽으로 기울이며 노란 눈을 가늘게 떴다.

"당신이 내 아이를 알고 있다고? 어떻게?"

"조사위원회가 말해주지 않았습니까?"

"내 아이 쉬간은 파이린 4호 행성에서 전사했다고 통지

받았소. 그게 우리 시간으로 6년 전이오. 이름이 뭐요, 이르크마안?"

나는 네프에게 시선을 돌렸다. 젊은 드랙은 똑같이 의심스러운 눈빛으로 나를 살펴보고 있는 중이었다. 나는 다시 고티그를 보았다.

"쉬간은 전쟁터에서 죽은 게 아닙니다. 우리는 파이린 4호 행성에 불시착했고 1년간 그곳에서 함께 살았습니다. 그리고 쉬간은 제리바 자미스를 낳다가 죽었습니다. 1년 반 뒤에 합동 조사위원회가 우리를 발견했고…."

"됐어! 그걸로 충분하다, 이르크마안! 넌 돈 때문에 무역 허가 따위를 얻는 데 내 영향력을 이용하려고 여기 온 거지?"

나는 얼굴을 찌푸렸다.

"자미스는 어디 있습니까? 나는 자미스를 보러 여기에 왔습니다."

늙은 드랙의 눈에서 분노의 눈물이 차올랐다.

"자미스란 아이는 없어, 이르크마안! 제리바 가계는 쉬간의 죽음과 함께 대가 끊겼다."

나는 눈을 크게 뜨면서 고개를 흔들었다.

"그건 사실이 아닙니다. 난 알아요. 나는 자미스를 키우고 보살폈어요. 위원회에서 아무 말도 하지 않았나요? 지구에서 나를 데려갔듯 자미스도 이곳으로 데려왔을 텐데요."

"그냥 당신 속셈을 말하시오, 이르크마안. 나는 시간 낭비 하고 싶지 않소."

나는 고티그를 주의 깊게 살펴보았다. 이 늙은 드랙은 위원회에서 아무 얘기도 듣지 못한 게 틀림없었다. 드랙 당국은 분명히 자미스를 데리고 갔겠지만, 그 아이는 증발해 버렸다. 고티그도 모르게. 도대체 왜?

"나는 쉬간과 함께 있었습니다, 고티그. 그래서 당신들 말을 배울 수 있었던 겁니다. 쉬간이 아이를 낳다가 죽었을 때, 나는…."

"이르크마안, 빨리 진짜 용건을 말하지 않으면 네프에게 당신을 쫓아내라고 할 수밖에 없소. 쉬간은 파이린 4호 행성 전투에서 전사했소. 전사하고서 며칠 뒤에 군에서 그 사실을 통보해 주었소. 6년 전 일이오."

나는 고개를 끄덕였다.

"그렇다면, 고티그. 내가 제리바 가계에 대해 알고 있다면 어떻습니까?"

"제리바 가계라고?"

"당신에게 암송해 드리면 될까요?"

고티그는 실소를 터뜨렸다.

"당신이 제리바 가계를 알고 있다고?"

"그렇습니다."

고티그는 나에게 손을 까딱해 보였다.

"그렇다면 어디 읊어보시오."

나는 숨을 한 번 들이쉬고는 제리바 가계 암송을 시작했다. 자미스로부터 시작하는, 고티그가 처음 들어보는 버전으로.

여기 당신 앞에, 제리바 가계의 전투기 조종사 쉬간에게서 태어난 자미스가 서 있습니다. 용기와 탁월함을 갖춘 조종사 쉬간은 11061년, 가계 기록 보관소 앞에 서서 그의 부모이자 음악가인 고티그에 대해….

173번째 세대에 이르렀을 때, 고티그는 석조마루 위에 무릎을 꿇었다. 암송이 3시간에 걸쳐 계속되는 동안 고티그는 내내 그 자세 그대로 꼼짝하지 않았다. 마침내 내가 끝을 맺었을 때, 고티그는 절을 하면서 울고 있었다.

"맞소, 이르크마안, 다 맞았소. 당신은 틀림없이 쉬간을 알고 있소. 틀림없소."

늙은 드랙은 희망에 찬 눈으로 내 얼굴을 올려다보았다.

"당신은 쉬간이 가계를 이었다고 했지. 자미스가 태어났다는 말이오?"

나는 고개를 끄덕였다.

"왜 위원회가 당신에게 그 사실을 알리지 않았는지 모르겠습니다."

고티그는 일어서서 얼굴을 찌푸렸다.

"알아내고야 말겠소, 이르크마안, 이름이 어떻게 되오?"

"데이비지, 윌리스 데이비지입니다."

24

고티그는 저택 안에 나를 위한 숙소를 마련해 주었는데, 수중에 1,100크레딧 정도밖에 남아 있지 않던 내게는 퍽 다행스러운 일이었다. 나는 완전히 드랙 스타일로 꾸며진 아파트를 처음 보았다. 마치 여러 개의 오렌지 조각들이 반원형으로 펼쳐진 형태였는데 그 중심에 손님맞이 방이 있었다. 모든 방문이 손님맞이 방 쪽으로 열려 있었다. 거실, 침실, 작은 부엌과 식당 그리고 명상실까지. 마음 편히 몸을 뻗고 누울 기회는 좀처럼 없었다. 여러 차례 문의한 끝에, 고티그는 자미스에 대한 단서를 얻었다. 그는 나와 네프를 신디에부의 중앙의회로 보냈다. 드래코에서 제리바 집안은 매우 영향력이 있는 모양이라 절차는 최소한인 듯했다. 그럼에도 마침내 조쯔든 브룰레라는 합동 조사위원회 위원장과 만나기까지 이 사무실 저 사무실 돌아다녀야 했다. 위원장은 고티그가 써준 편지를 읽다가 고개를 들어 나를 바라보았다. 그는 내가 무슨 똥 덩어리를 머리 위에 얹고 있는 양 얼굴을 찌푸렸다.

"이걸 어떻게 입수했소, 이르크마안?"

"서명이 되어 있는 걸로 압니다만."

드랙은 편지와 나를 번갈아 쳐다보았다.

"제리바 가계는 드래코에서 가장 존경받는 집안 중 하나요. 제리바 고티그가 직접 이 편지를 당신에게 써주었다는 말이오?"

"물론입니다. 지금 당신이 말한 그대로요."

네프가 끼어들었다.

"위원장님이 파이린 4호 행성 조사에 대한 기록과 정보를 가지고 있다고 알고 있습니다. 우리는 제리바 자미스에게 무슨 일이 일어났는지 알고 싶습니다."

조쯔든 브룰레는 얼굴을 찡그리고 다시 편지를 쳐다보았다.

"에스톤 네프, 당신은 에스톤 가계의 시조입니다, 그렇죠?"

"맞습니다."

"부끄럽지 않습니까. 왜 내가 당신이 이르크마안과 함께 있는 모습을 봐야 하는 겁니까?"

네프는 윗입술을 오므리고는 팔짱을 꼈다.

"조쯔든 브룰레, 앞으로 멀쩡하게 살아가려면, 당장 주둥이 다물고 제리바 자미스를 찾는 게 신상에 좋을 것이오."

조쯔든 브룰레는 시선을 떨구고 자신의 손가락을 바라보

다가 다시 네프를 쳐다보았다.

"좋아, 에스톤 네프. 나를 협박하는군. 하지만 당신이 찾는 진실이 당신 집안에 큰 위협이 되리라는 사실을 알게 될 거요."

드랙은 종이에 뭔가를 휘갈겨 쓰고 나서 네프에게 건네주었다.

"여기로 가면 제리바 자미스를 찾을 수 있을 거요. 그리고 당신은 오늘을 두고두고 저주하게 될 거요."

*

위원장이 건넨 주소는 4,800킬로미터나 멀리 떨어진 대륙에 있는 바쿠딘이라는 곳을 가리켰다. 고티그는 집안의 충복 중 한 명인 오키리 니바에게 그 장소에 대해 알아보라고 지시했다. 우리는 아늑한 거실에 모여 앉아 있었다. 거실 벽면은 태피스트리로 꾸몄고 천장에는 기이한 생김새의 샹들리에가 달려 있었다. 고티그와 네프는 자미스의 존재가 확인되어서 기꺼워했지만, 나는 잠자코 앉아 있을 수밖에 없었다. 마음속에선 의문이 가시지 않았다. 왜 자미스는 자기 집으로 돌아오지 못했을까? 다친 건 아닐까? 잠시 후 니바가 매우 겁먹은 표정으로 돌아왔다.

"제타흐, 이 주소는….."

그가 고티그에게 말했다

"바쿠딘. 사 아쉬잡 코바흐입니다."

마치 우주의 모든 숨소리가 멈춘 것 같았다. 코바흐는 학교 또는 교육기관을 뜻하지만 아쉬잡은 잘 모르는 단어였다. 나는 어원을 톺아보며 의미를 짐작하려고 애써보았다. 에스톤 네프가 영어로 그 뜻을 말해주고서야 비로소 알아차렸다.

"그곳은 정신이상자들을 모아놓은 구역입니다."

나는 찡그린 채 네프를 마주 보며 말했다.

"푸어잡은 정신이상자를 의미할 텐데, 아쉬잡은 무슨 뜻이지요?"

그 드락은 시선을 아래로 떨어뜨리고는 손을 고티그 어깨에 올려놓았다.

"범죄를 저지른 정신이상자를 말합니다, 데이비지 씨."

*

고티그가 그 구역 방문 허가를 받고 교통편을 마련하는 데 꼬박 이틀이 걸렸다. 그 이틀간 나는 자미스가 겪었을, 또한 겪고 있을 고통이 떠올라 견딜 수가 없었다. 죄책감에 사무쳐 몸살이 날 지경이었다. 마치 미래를 예견하듯 말했던 자미스의 모습이 생생했다.

"삼촌, 난 삼촌을 따라갈 거예요. 우리는 헤어질 수 없어요."

우리는 헤어지지 말았어야 했다.

나는 그 어린것에게 그럴 수는 없다고 말했었다. 먼저 가라고 떠밀고는 그 아이가 보랏빛 평원을 가로질러 달려가는 모습을 지켜보았었다.

나를 기억해 다오, 나는 자미스에게 말했었다.

"나를 기억해 다오."

나는 당장 뛰쳐나가서 어디로든 드래코를 벗어나는 첫 우주선을 예약하고 싶은 심정이었다.

명상의 방에서 나는 혼자 울었다. 과거를 바꾸고 싶지만 아무것도 할 수 없다는 데에 무력감과 좌절감이 들었다. 그때 자미스와 떨어지지 않았다면 어떻게 됐을까? 아마 우리 중 누구도 파이린 4호 행성을 벗어나지 못했을 것이다. 그래도 함께 있었을 것이다.

내 마음이 깊은 어둠 속에서 헤어 나오지 못하고 있을 때 에스톤 네프가 명상의 방으로 들어왔다. 그는 잠시 침묵하다가 입을 뗐다.

"데이비지 씨, 바쿠딘행 비행기를 예약하러 신디에부로 갈 겁니다. 함께 가시겠습니까?"

나는 네프를 보며 말했다.

"자미스를 혼자 보내지 말았어야 했습니다."

"다른 대안이 없지 않았습니까, 데이비지 씨."

"대안이 있었어요, 네프. 우린 함께 머무를 수 있었어요."

"데이비지 씨, 그건 필경 둘 다 죽음으로 가는 탈마였을 거요."

그는 내 어깨 위에 손을 올려놓았다.

"들어봐요, 지구인. 당신은 자기가 할 수 없었던 일로 스스로를 비난하고 있어요. 그건 탈마의 길이 아닙니다."

"그럼 대체 탈마를 따르는 게 뭡니까?"

"사 아쉬잡 코바흐로 같이 갑시다, 데이비지 씨. 거기 자미스가 있소. 거기 새로운 탈마가 있소. 길이 보인다면 떠나봐야죠."

*

비행기는 한밤중에 대양을 가로질러 낮은 소음을 내며 날아갔다. 어두운 창밖 아래로 작은 빛이 외로이 지나가는 모습을 두 번 보았다. 심연의 어둠 속에서 사라져 버리는 푸르고 차가운 빛. 그것은 무엇일까? 우주선? 신호? 어떤 불쌍한 드랙이 이 어둠 속을 지키고 있었을까?

내가 파이린 4호 행성에 묶여 있을 때 나를 괴롭히던 자살 충동이 다시 떠올랐다. 제리와 내가 서로에게 모든 것이었던 나날, 그리고 자미스와 내가 서로의 모든 것이었던 그 나날은 사라져 버렸다. 폭풍에 휘날려 가버린 낙엽들처럼. 얼마나 더 나빠질 수 있을까. 나는 밤에 대고 질문했다.

그때 코다 시타르메다에 있는 남바아크의 말이 떠올랐다. 내전. 끝없는 공포의 시간. 수세기 동안 쌓아온 모든 것이 휩쓸려 굶주린 사람들이 하루를 버틸 식량을 구하기 위해 잔해 더미를 뒤지던 때. 폐허의 어둠 속에서 남바아크는 제자 한 명을 발견했다. 그는 자살로 탈마를 찾으려 하고 있었다. 남바아크는 제자의 칼을 빼앗아 무슨 일이냐고 다그쳤다.

*

…그 제자는 남바아크에게 말했다.

"제타흐, 어둠이 온 우주를 덮고 있습니다. 그 어둠은 너무나도 강력한 악이어서 그 속의 제 자신이 너무 작고 무력하게 느껴집니다. 이 어둠 옆에서는 죽음의 검은빛이 너무 밝게 보입니다."

남바아크는 갈고리 모양의 칼날을 찬찬히 바라보고는 제자에게 다시 건네주었다.

"얘야, 오래전 네가 지금 겪는 그 자리에 토찰라도 있었다. 그도 역시 어둠 속에 있었다. 칼도 갖고 있었지. 하지만 그는 올바른 탈마도 갖고 있었다."

*

현재에서 바라는 미래로 가는 길은 무한히 많다. 탈마는 가장 효율적인 길이면서 그 길을 찾기 위한 규율이다. 그 무한한 길들을 다 소진하기 전까지 드랙들은 포기를 몰랐다.

참는 것이 중요하다는 비슷한 내용의 이야기를 나는 자미스에게 하곤 했다.

"누구에게든 죽기 전까지는 욕하지 마라."

할아버지는 내가 미래를 예상하면 이를 뭉개버리는 말씀을 하시곤 했다. 나는 그 노인을 떠올리며 그에 대해 더 잘 알았더라면 싶었다. 그와는 내가 여덟 살 때 단 한 번 여름을 함께 보낸 게 전부다. 무엇 때문인지 몰라도 아버지가 할아버지를 용서해 내가 그를 방문하는 걸 허락해 주는 데 오랜 시간이 걸린 것이다. 이듬해 겨울에 할아버지는 뇌졸중으로 돌아가셨다. 아버지는 할아버지가 내게 남기신 유언장을 전해주셨다. 나는 내 방으로 가서 떨리는 손으로 봉투 안에 있는 종이에 쓰인 글자를 읽었다. 한 문장이었다.

"너는 이제 날 욕해도 된다."

나는 웃음이 났다. 그 웃음의 의미는 할아버지와 나만의 비밀이었다. 나는 그 추억을 떠올리며 미소 짓게 되었고 어둠은 물러났다. 자미스는 여전히 살아 있다. 나도 여전히 살아 있다. 여전히 탈마는 가능했다.

해가 뜰 때 바다는 아직 어두웠다. 네프는 내 옆에 앉아서 영어로 물었다.

"잠은 좀 잤습니까?"

"조금요. 당신은요?"

"전혀 못 잤습니다. 제리바 생각이 나서요. 처음 임신했을 때 내 형제인 그가 얼마나 흥분했을지. 하지만 나는 마치 세상 사람들 중 처음 임신한 것마냥 유난을 떤다고 말했어요. 제리바가 듣고 있는데도."

그 드랙은 눈썹을 치켜올리며 미소 지었다.

"난 정말이지 철이 없는… 가푸였습니다."

네프가 나를 보며 손을 내밀었다.

"어린애."

내가 대답했다.

"그래요. 난 철없는 어린애였어요. 그만큼 질투를 했죠. 제리바는 임신하면서 점점 주변의 관심을 독차지했어요. 내가 대단치 않은 일인 듯 얘기해도 내 형제가 느끼던 행복감을 깎아내릴 수는 없었죠. 유산하고 나서는 제리바가 자살하는 줄 알았습니다. 제리바가 전투비행단에 들어가 전쟁터로 간 것도 결국 그 때문이라고 생각합니다. 그와 나눈 마지막 말은 그가 다시 임신했다는 소식이었어요. 파이린 4호 행성 전투가 있기 며칠 전이었죠."

에스톤 네프는 고개를 돌려 나와 마주 보았다.

"내 형제가 죽기 전에 자미스를 보았나요?"

"아니요."

나는 중얼거리듯 말했다.

"자궁을 찢고 자미스를 꺼내야 했습니다."

네프는 한참을 침묵했다. 그러고서 입을 열었다.

"당신 혼자 드랙 아이를 키우면서 힘들었을 텐데요."

아주 잠깐 생각한 뒤 나는 고개를 저었다.

"아닙니다, 네프 씨. 힘들지 않았어요. 내 인생을 통틀어 가장 중요하고 행복한 시간이었습니다."

25

공항은 섬에 있었는데, 그 섬에는 두 어촌 마을과 하나의 부두가 있었다. 부두에서 우리는 날렵하게 생긴 쾌속선 페리를 타고 더 작은 섬인 바쿠딘으로 향했다. 숲이 우거진 광활한 땅덩어리가 하얀 모래로 둘러싸여 청록빛 바다 위에 마치 보석처럼 놓여 있었다. 우리는 점점 더 가까이 다가갔고 전동 울타리, 전망탑, 경비원 그리고 루바아크라는 경비 동물을 보았다. 루바아크은 흡사 털이 난 악어와 악몽에나 나올 법한 맹수의 혼종처럼 생겼는데, 도무지 지칠 줄 모르도록 훈련된 종이었다. 육지에 닿자 경비원이 우리를 본관 행정 빌딩 안의 방문자 대기실로 안내하고 사라졌다. 그러고는 우리가 온 사실을 잊어버린 듯 감감무소식이었다. 그렇게 1시간이 지날 즈음 고티그의 인내심이 바닥났다. 그는 네프와 나에게 말했다.

"애들아, 따라와라. 아무래도 아쿠자흐의 황무지를 건너가야겠다."

우리는 잠시 복도를 이리저리 헤매고 다녔다. 모퉁이를

돌자 공문서 보관소가 나왔다. 고티그는 앞장서 보관소 직원에게 다가가 기록 열람을 요청했다. 그러자 토크보 레인트라는 그 직원은 곧장 환자 정보는 기밀이라는 규정들을 줄줄 읊어대기 시작했다. 결국 고티그는 그 직원의 어깨에 손을 올리고 다시 물었다. 직원의 표정을 보아하니 우리가 원하는 바를 해주지 않으면 어깨와 팔을 못 쓰게 될지도 모른다고 생각하는 듯싶었다. 그는 결국 우리를 돕기로 결정했다.

고티그는 자미스가 어떤 기준으로 미쳤다고 판정받았는지 알고자 했다. 왜 범죄자로 간주되었는지도.

토크보 레인트는 기록들을 자세히 훑어본 후 대답했다.

"이 케이스는 기억합니다. 제리바 자미스는 파이린 4호 행성에서 구조되었을 때부터 쭉 인간을 사랑한다고 주장했습니다."

토크보 레인트는 그걸로 다 설명이 된다는 듯이 우리를 쳐다보았다.

우리의 덤덤하고 어리둥절한 눈빛을 되받자 그는 다시 말을 이었다.

"그런 까닭에 제리바 자미스는 위험할 정도로 미쳐 있다고 할 수 있습니다. 게다가 목격자들에 따르면 우주선을 타고 드래코에서 내릴 때 몇 차례 폭행을 저질렀고, 문장도 잘못 구사하며 횡설수설했다고 합니다."

에스톤 네프는 직원 쪽으로 몸을 기대어 말했다.

"그 기록을 보여줘, 벌레 같은 놈아."

파일을 건네받자 네프는 꼼꼼하게 검토한 뒤 토크보 레인트에게 말했다.

"제리바 자미스는 몇 번이나 거의 죽을 만큼 두들겨 맞은 게 분명하군."

직원은 당황하여 두 팔을 젓기 시작했다.

"이 조사관에 따르면, 제리바 자미스의 상처는 자해를 했기 때문입니다. 또한 그의 난폭한 태도를 제지하는 과정에서 불가피하게 생긴 것이기도 하죠."

직원은 말을 끝맺으면서 스스로도 그 말을 못 믿는 눈치였다.

나도 역시 그에게 가까이 갔다.

"질문이 있습니다."

그가 우리 셋을 살피더니 나에게 고개를 끄덕였다.

"기꺼이 답변하겠습니다."

"자미스가 이리로 왔을 때 왜 제리바 집안에 알리지 않았습니까? 비밀로 한 이유가 뭡니까?"

직원은 그 이유에 대해서는 내가 이해하기 힘드리라 판단했는지, 나 대신 고티그를 향해 대답했다.

"제리바 고티그 씨, 끔찍한 소문들에서 당신과 당신 집안을 지키려고 비밀로 한 것입니다. 이해하실 수 있을 겁니다."

제리의 부모는 치를 떨며 직원을 보다가 아주 차가운 목소리로 말했다.

"나는 탈마의 정의가 어디서 굽이치는지 알고 있소, 토크보 레인트. 그러나 지금은 내 집안의 부를 이용해서 가능한 한 모든 길을 열 것이오. 당장 자미스를 보여주시오."

*

야외에 있는 환자 보호소로 들어가자 마음이 아파 왔다. 그곳의 드랙들은 공허한 눈으로 허공을 응시하고 있거나, 비명을 지르며 입에 거품을 물고 있거나, 구석에서 몸을 웅크린 채 보이지 않는 공포에 떨고 있었다. 덩치 큰 경비원이 우리 셋을 구역 내 가장자리에 있는 방으로 데려갔고, 거기서 사아쉬잡 코바흐의 관리 감독관을 만날 수 있었다. 그는 나를 보더니 얼굴을 찌푸렸고, 고티그를 보고서는 고개를 저었다.

"제리바 고티그, 지금이라도 돌아가십시오. 이 문 너머에는 고통과 슬픔뿐입니다."

고티그는 감독관의 멱살을 움켜잡았다.

"잘 들어, 키즈로데. 만약 이 안에 내 손자 제리바 자미스가 갇혀 있다면 당장 그 아이를 데려와! 그러지 않으면 네게 제리바 가계의 위력을 단단히 맛보여 줄 테다!"

감독관은 입술을 떨며 얼굴을 들더니, 고개를 끄덕였다.

"좋습니다, 좋아요. 거만한 카쯔미드쓰! 그래도 우리는 당신네 집안의 명예를 지켜주려고 애를 썼는데, 그게 잘못이었군요. 어쨌든 우린 노력했소. 하지만 이제 알게 될 거요."

감독관은 눈을 가늘게 뜨고 입을 오므렸다.

"이제 알게 될 거요."

감독관은 경비원에게 고개를 끄덕였고, 울끈불끈한 근육질의 누군가가 환자 보호소로 향하는 문을 연 다음 우리가 들어가도록 비켜섰다.

*

제리바 자미스가 풀숲 나무 사이의 돌 벤치에 앉아 땅바닥을 응시하고 있었다. 눈도 깜빡이지 않았고 손을 움직이지도 않았다. 고티그는 나를 보며 얼굴을 찡그렸지만, 나는 쉬간의 부모인 그를 신경 쓸 여력이 없었다. 나는 자미스에게 걸어갔다.

"자미스, 날 알아보겠니?"

드랙은 수백만 개의 굴에서 생각 하나를 끄집어내는 듯하고는 그 노란 눈으로 나를 바라보았다. 하지만 내가 누군지 알아보는 낌새는 없었다.

"누구세요?"

나는 쪼그리고 앉아서 자미스의 팔을 잡고 흔들었다.

"빌어먹을, 자미스, 나를 모르겠니? 삼촌이야, 데이비지 삼촌! 기억 안 나니?"

드랙은 벤치에서 기우뚱하며 머리를 저었다. 그는 감시인 에게 손짓했다.

"내 방으로 돌아가고 싶어요, 보내주세요."

나는 일어서서 자미스의 환자복 앞자락을 움켜쥐었다.

"자미스, 나야! 데이비지 삼촌이라구!"

굼뜨고 생기 없는 노란 눈이 다시 나를 응시했다. 감시인 이 어깨에 손을 얹었다.

"보내줘, 이르크마안."

"자미스!"

나는 네프와 고티그를 향해 고개를 돌렸다.

"뭐라고 말 좀 해보세요!"

드랙 경비원은 주머니에서 나무 곤봉을 꺼내더니 보란 듯 이 손바닥에 탁탁 쳤다.

"놔줘, 이르크마안."

고티그가 한 발 앞으로 나섰다.

"설명을 좀 해주시오."

나는 자미스를 보며 감시인에게 소리쳤다.

"자미스에게 무슨 짓을 한 거야, 이 개자식아! 충격을 줬어? 약을 먹였어? 완전히 폐인을 만들어 놓았네?"

감시인은 나를 비웃고는 고개를 저었다.

"이르크마안, 당신은 이해 못 해. 이자는 이르크마안 불, 즉 인간을 사랑하자고 공공연히 떠들고 다니는 환자야. 정상적인 생활을 할 수가 없어. 우리는 이자가 드랙 사회에 제대로 적응할 수 있도록 교육하는 중이다, 알겠나? 뭐가 잘못되었나?"

나는 자미스를 보며 고개를 저었다. 나 역시 같은 동족이라는 인간들이 나를 어떻게 대우했는지 너무도 잘 기억하고 있었다.

"잘못되었냐고? 나도 모르겠소."

감시인은 고티그를 향해 돌아섰다.

"제발 이해해 주십시오, 제리바 고티그. 우리는 제리바 가문이 이런 불명예를 당하게 할 수 없습니다. 당신 손자는 상태가 좋아지고 있고 곧 재교육 프로그램을 받을 겁니다. 2년만 지나면 제리바 집안을 이어갈 만한 손자가 될 겁니다. 이게 잘못되었습니까?"

고티그는 그저 머리를 저을 따름이었다. 나는 자미스 앞에 바싹 붙어 앉아서 그 애의 노란 눈을 들여다보았다. 손을 뻗어 그 아이의 오른손을 나의 양손으로 감쌌다.

"자미스?"

자미스는 자신의 왼손을 움직여 내 왼손 손가락을 하나하나 펼쳤다. 잠시 자미스는 내 손가락을 가리키더니 내 눈을 들여다보고 다시 손을 살펴보았다.

"맞아요…."

자미스는 다시 손가락을 가리켰다.

"하나, 둘, 셋, 넷, 다섯!"

자미스는 내 눈을 들여다보았다.

"넷, 다섯!"

나는 고개를 끄덕였다.

"그래, 그래."

자미스는 내 손을 끌어당겨서 뺨에 대었다.

"삼촌… 삼촌. 절대로 삼촌을 잊지 않겠다고 말했잖아요."

*

우리는 자미스를 제리바 집안의 땅으로 데려왔다. 그다음부터가 어려웠다. 우선 나를 받아들이는 고티그와 네프에 대해 미쳤다고 여기지 않는 정신건강 제타흐를 찾는 데 사흘이 걸렸다. 그는 사 아쉬잡 코바흐에서 자미스가 복용하던 약물을 중단하고 식이 요법을 처방했다. 제타흐가 도착하기까지 이틀이 걸릴 예정이라 나는 아파트 침대에 누워 있는 자미스 곁에서 온종일 시간을 보냈다. 자미스는 조용히 지냈다. 부들부들 떨기도 하고 말없이 눈물을 흘리기도 하고 내 팔을 양손으로 꼭 붙잡고 있기도 했다. 자미스는 신체적으로 다 큰 성인이지만 내 눈에는 두려움에 휩싸인 아픈 아이였다.

나는 자미스를 이 지경으로 만든 그 괴물과 사람, 관습을 다 없애버리고 싶었다. 모든 걸 제대로 돌려놓고 싶었다. 하지만 춥고 축축한 모래톱에서 서로 죽이려 했던 제리와 나에 대한 기억만 떠오를 뿐이었다.

"누 게프, 이르크마안!"

너 죽었다, 지구인.

"키즈 다 유오미인, 쉬주마아트!"

그래, 쉬주마아트가 똥 먹었다.

거기서 어떻게 여기까지 오게 되었을까? 파이린 4호 행성의 지옥 같은 바람과 혹독한 겨울을 생각하며, 제리와 나를 연결해 주고 자미스를 내 인생의 전부로 만들어 준 게 무엇일지 궁금했다. 그 냉혹한 행성이 우리를 내몬 게 아니었다. 파이린 4호 행성은 깨끗했다. 다른 존재도 없었다. 나는 이 은하계가 어떻게 조금이라도 정신적으로 정결해질 수 있을지 궁리해 보고 싶었다. 나보다 현명한 누군가가 풀 문제이지만.

나는 제리의 자식을 내려다보았다.

"자미스. 자미스?"

내 손을 그의 뺨에 갖다 대었다.

"자미스?"

"삼촌, 내 곁에 있어주세요."

그가 속삭였다.

"아무 데도 가지 않을게."

나는 어둠 속에서 그의 그림자를 살펴보았다.

"자미스, 넌 언제 가장 행복했었니?"

"행복이요?"

나는 고개를 끄덕였다.

"그래. 악몽 같은 끔찍한 일들이 몰려들 때 넌 어디로 숨었니? 꿈속에서는 어디가 안전했니?"

자미스는 내 얼굴에서 눈을 떼며 아파트 돌벽을 물끄러미 응시했다. 나는 그가 안전한 장소를 떠올리고 있다는 걸 알았다. 자미스는 미소를 지었다. 그의 눈에는 눈물이 고였다.

"동굴이요, 삼촌. 나는 동굴에 숨었어요."

나는 그의 뺨을 어루만지며 고개를 끄덕였다.

"나도 그랬단다. 그곳으로 돌아가고 싶니?"

"돌아간다구요?"

"파이린 4호 행성의 우리 동굴 말이다. 그곳으로 돌아가고 싶니?"

자미스는 일어나 앉더니 잠시 희망에 젖어 미소 지었다. 그러고는 나를 향해 얼굴을 찡그렸다.

"삼촌은 항상 그곳이 너무 싫다고 하셨잖아요."

"내가 어리석었다. 난 돌아가고 싶어. 넌 어떠니?"

"함께요, 삼촌?"

"물론, 함께지."

자미스는 내 품에 얼굴을 파묻고 어릴 적처럼 나를 꼭 껴안았다. 신이여, 흘릴 눈물이 얼마나 남았습니까?

26

홀러가는 세월을 무심히 보냈다. 우주에서 자신의 자리가 어디인지를 인식하는 일로 세월을 헤아리는 이들이 있다고 미스타안은 말씀을 남긴 적이 있다. 파이린 4호 행성에서 쾌청한 아침이면 나는 친구의 무덤을 찾곤 했다. 그 옆에는 에스톤 네프와 자미스 그리고 타이의 예정된 자리가 있다. 고티그의 무덤 자리도 내가 만들었다. 쉬간의 부모는 건강을 되찾아 가는 자미스를 데려왔고 제리바 집안의 땅과 재산을 알곡 한 톨까지 싹 다 처분해서 모두 파이린 4호 행성으로 옮겨왔다. 나와 제리바의 이야기를 들은 타이는 이 행성을 '우정'이라고 이름 붙였다.

바람이 거센 어느 날 나는 무덤들 사이에서 무릎을 굽혔다. 나는 삭아버린 돌 몇 개를 빼내고 다른 돌을 얹었다. 뱀껍질로 누빈 옷깃을 여며 바람을 막으면서 바다를 바라보았다. 잿빛 구름 아래 파도가 하얗게 부서지고 있었다. 곧 얼음이 얼기 시작할 것이다. 나는 내 손을 물끄러미 내려다보다가 무덤으로 시선을 돌렸다.

"제리, 너의 가족들과 함께 그 지역에서 머물러 살 수는 없었어. 나보고 야단치진 말아. 거긴 참 좋은 곳이야. 빌어먹게 좋은 곳이지. 하지만 난 계속 창문 밖만 쳐다보면서 바다와 동굴을 생각했어. 그렇게 난 혼자였어. 그것도 좋았지만. 제리, 난 내가 누구고 어떤 사람인지 알아. 그거면 됐지, 그치?"

무슨 소리가 들렸다. 나는 상체를 웅크리고 무릎에 손을 얹어 힘겹게 몸을 일으켜 세웠다. 드랙이 팔에 한 아이를 안고 거주 지역 쪽에서 오고 있었다.

나는 수염을 쓰다듬었다.

"아, 타이. 그러니까 이 애가 너의 첫 아이로구나?"

드랙이 고개를 끄덕였다.

"삼촌, 삼촌이 이 애를 좀 가르쳐 주시면 좋겠어요. 제리바 가계와 탈만 그리고 우정 행성의 생활에 대해서요."

나는 아기 포대기를 품에 안았다. 포동포동 살찐, 손가락이 셋인 손이 허공을 휘젓다가 내 뱀 껍질 옷을 움켜쥐었다.

"그래, 타이. 이 애도 제리바 가계를 잇겠구나."

나는 타이를 올려다보았다.

"그런데 네 부모인 자미스는 어떻게 지내느냐?"

타이는 어깨를 으쓱했다.

"그 나이치고는 잘 지내고 계시죠. 안부 전하라고 하셨어요."

나는 고개를 끄덕였다.

"그래, 내 안부도 전해다오, 타이. 자미스는 중앙난방이 되는 현대식 주택에서 나와 동굴 생활로 돌아와야만 할 거다. 그러면 건강이 좋아질 거야."

타이는 씩 웃고는 고개를 끄덕였다.

"부모님께 전하겠습니다, 삼촌."

나는 엄지손가락으로 가슴을 꾹꾹 찔렀다.

"나를 봐라! 내가 아픈 걸 본 적 있니?"

"아니요, 삼촌."

"자미스한테 꼭 의사를 쫓아버리고 동굴로 돌아오라고 얘기하거라."

"그러지요, 삼촌."

타이는 미소를 지었다.

"뭐 필요한 건 없으세요?"

나는 고개를 끄덕이며 목 뒤를 긁었다.

"화장실 휴지가 필요해. 딱 두 뭉치만. 그리고 위스키를 두 병 정도. 아니, 아니다. 위스키는 잊어라. 여기 있는 하에스니가 한 살이 될 때까지는 참을 수 있어. 화장실 휴지만이다, 알았니?"

타이가 고개 숙여 인사를 했다.

"그럴게요. 삼촌, 아침마다 축복이 있기를 빕니다."

나는 참을성 없이 손을 흔들었다.

"그렇게 되겠지, 그렇게 될 거야. 어쨌든 화장실 휴지는
잊지 마라."

타이가 다시 고개 숙여 인사를 했다.

"잊지 않을게요, 삼촌."

타이는 관목 숲을 지나 거주 지역으로 되돌아갔다.

*

집으로 돌아온 자미스가 건강을 되찾은 뒤 나는 그들과 1
년 동안 같이 살았다. 자미스는 모두가 지켜보는 가운데 기
록 보관소 앞에 서서 가계의 역사를 암송했다.

부드러운 침대, 여흥, 가정교사, 건강 제타흐와 요리사. 너
무 순조롭고 안락해서 쉬주마아트가 우주라고 부른 것과는
동떨어진 생활이었다. 나는 다시 동굴로 돌아왔다. 나무를
주워 모았다. 뱀 고기를 훈연해 먹으면서 겨울을 견뎌냈다.
자미스는 동굴에서 키워달라고 어린 타이를 나에게 맡겼고,
이제 타이가 와서 하에스니를 건네주었다. 나는 아이를 향해
고갯짓했다.

"네 아이는 고티그라고 불리게 될 거고 그다음은…"

나는 하늘을 바라보았다. 얼굴 위로 눈물이 주르르 흘러

내렸다.

"…그리고 그다음은, 고티그의 아이는 쉬간이라고 불리
게 될 거다."

나는 고개를 끄덕이고는 동굴까지 나 있는 절벽 사이의
좁은 길을 향해 발길을 돌렸다.

옮긴이의 말

화해와 소통이라는 '탈마'

―『에너미 마인』을 옮기고서

「에너미 마인Enemy Mine」은 미국의 SF 잡지 『아이작 아시모프의 SF 매거진Isaac Asimov's Science Fiction Magazine』 1979년 9월 호에 중편소설로 수록되면서 처음 세상에 선을 보였다. 이 작품은 이듬해에 작가에게 영미문화권의 양대 SF 문학상인 휴고상과 네뷸러상, 그리고 로커스상과 존 W. 캠벨 신인작가상을 안겨주었는데, 이렇듯 권위 있는 상을 동시에 석권한 것은 최초의 기록이었고 무려 38년이 지난 2018년에야 경신되었다.

우리말로는 1994년에 처음 번역되었으며, 당시 『환상특급』이라는 앤솔러지에 '적과 나'라는 제목으로 실려 한국의 독자들을 만났다.

작가는 그 뒤 이어지는 이야기를 두 편 더 집필했고, 이것들과 「에너미 마인」까지 포함하여 세 편을 하나로 묶어 1998

년에 『The Enemy Papers』라는 제목의 두툼한 단행본으로
출간했다. 여기에 실린 「에너미 마인」은 최초 버전이 아니라
작가가 상당량의 분량을 추가한 'The Author's cut'이다. 그
리고 이 책은 바로 이 'The Author's cut' 버전을 우리말로 옮
긴 것이다.

　「에너미 마인」은 발표 당시로서는 이례적이라 할 정도로
곧장 영화화 판권이 팔렸다. 그러고는 중간에 감독이 한 번
바뀌고 예산이 당초 계획을 훨씬 초과하는 등의 변수가 있었
지만 어쨌든 원작 발표 5년 만인 1985년에 스크린에 걸렸다.
볼프강 페테르젠이 감독을 맡았고 두 주연 배우는 데니스 퀘
이드와 루이스 고셋 주니어였다. 비록 관객이나 평단의 반응
은 별로 긍정적이지 못해서 흥행 실패작이 되었지만, 주목할
부분은 당시 소련(지금의 러시아)에서 공식적으로 극장 개봉한
첫 서방 SF 영화였다는 사실이다. 그리고 소련 관객들은 열
렬하게 호응을 보였다고 전해진다.
　이 작품을 읽은 독자라면 이러한 사실들에 어느 정도 고
개가 끄덕여지리라고 생각한다. 즉, 이 이야기는 영화 제작자
들이 탐낼 만큼 높은 대중성을 지니고 있고, 더해서 이념이나
종교 혹은 그 어떤 기준으로든 둘로 나뉘어 서로 적대하는 집
단 사이의 화해와 소통을 호소하는 감동적이고 보편적인 주

제를 품고 있는 것이다. 사실 이런 주제를 담은 작품들은 숱하게 있지만 「에너미 마인」은 그런 주제를 효과적으로 부각시키고 독자에게 깊은 공감을 끌어낼 수 있도록 디테일을 매우 잘 살렸다. 예를 들어 유대교의 테필린Tefillin에서 모티브를 따온 것으로 추정되는, 제리가 목에 걸고 있던 작은 탈만 경전에 대한 설정만 봐도 그렇다.

작중 드랙의 세계관으로 묘사되는 '탈만' 철학은 기독교, 유대교, 이슬람교, 불교 등의 종교를 참고한 것으로 여겨지지만 개인적으로 주목한 부분은 내세의 존재를 배제한다는 점이었다. 마치 현세 인본주의Secular Humanism—우리말로는 흔히 세속적 인본주의라고 옮기지만 나는 현세 인본주의라는 말을 선호한다—를 연상시키는 이런 내용은 드랙인들이 지구 인류에 비해 상대적으로 짧은 생애 주기를 갖는다는 설정과 연관되어 좀 더 현실주의적이고 실용적인 철학이 발전된 외계 문명이라고 이해할 수 있는 핍진성을 강화해 준다고 생각한다. 다시 말하자면 초월적인 절대자와 같은 신에게 맹목적으로 의지하기보다는 선지자들의 어록에서 힘을 얻으며 가능한 모든 방법으로 현실에서 문제 해결을 위해 적극적인 노력을 경주한다는 입장인 것이다. 바로 이것이 드랙인들의 '탈마'일 것이다.

작가 배리 B. 롱이어는 1942년에 미국 펜실베이니아주 해리스버그에서 태어났으며, 전업 작가가 되기 전에는 부인과 인쇄 회사를 경영한 것으로 알려졌다. 「에너미 마인」에 매료된 많은 독자들이 그의 다음 작품을 기다리는 가운데 건강 문제로 잠시 공백기를 갖기도 했지만 그 뒤로 꾸준히 많은 작품들을 발표하며 현재까지 작가로서 왕성한 필력을 드러내고 있다. 최근인 2021년에는 장편소설 『The Hook』으로 자유주의미래학회Libertarian Futurist Society에서 수여하는 SF 문학상인 프로메테우스상을 받은 바 있다.

나는 1994년에 이어 이번에도 「에너미 마인」의 번역을 맡았는데, 작가가 새롭게 추가한 내용에 신학적인 개념이나 정서가 상당히 짙게 배어 있는 등의 이유로 우리말로 옮기는 과정이 꽤나 힘들었다. 그렇게 쩔쩔매던 중 박윤희 번역가가 결정적인 도움을 주어 비로소 마무리 지을 수 있었다. 이 자리를 빌려 다시 한번 박윤희 번역가에게 감사하다는 말씀을 드린다. 물론 번역의 최종적인 책임은 나에게 있다. 숱한 토론과 퇴고 과정을 거치며 나름대로 최선을 다했지만, 그래도 매끄럽지 못한 부분이 눈에 띈다고 하는 독자분들이 계실 것이다. 전적으로 옮긴이의 부족함 때문임을 혜량해 주시길 바란다.

이 작품과 관련된 최신 소식은 영화의 리메이크 계획이 2024년 여름에 발표된 것이다. 〈12 몽키즈12 Monkeys〉, 〈스타 트렉: 피카드Star Trek : Picard〉 등의 TV 시리즈를 집필하고 제작한 테리 마탈라스가 각색을 맡는다고 하는데 어쩌면 장편 영화가 아닌 TV 시리즈 형태가 될 가능성도 있는 듯하다. 아무튼 40여 년 전보다는 SFX(특수효과) 기술이 훨씬 발전된 시대인만큼 더 설득력 있는 시각디자인과 원작의 풍성한 이야기들을 더 많이 담은 영상물이 나오기를 기대한다.

박상준(SF 해설가·번역가)

에너미 마인

초판 1쇄 찍은날 2024년 11월 26일
초판 1쇄 펴낸날 2024년 12월 4일
지은이 배리 B. 롱이어
옮긴이 박상준
펴낸이 한성봉
편집 김학제·안태운·박소연
콘텐츠제작 안상준
디자인 최세정
마케팅 박신용·오주형·박민지·이예지
경영지원 국지연·송인경
펴낸곳 허블
등록 2017년 4월 24일 제2017-000050호
주소 서울시 중구 필동로8길 73 [예장동 1-42] 동아시아빌딩
페이스북 www.facebook.com/dongasiabooks
트위터 twitter.com/in_hubble
전자우편 dongasiabook@naver.com
블로그 blog.naver.com/dongasiabook
홈페이지 hubble.page
전화 02) 757-9724, 5
팩스 02) 757-9726

ISBN 979-11-93078-39-6 03840

만든 사람들
책임편집 안태운
크로스교열 안상준
디자인 최세정